卢思浩 著

你要去相信，
没有到不了的明天

| 增 订 本 |

Lu
Kevin

我这个人很固执,
比如我固执地相信相遇需要好运气。
再比如我相信,你是什么样的人,
就能遇到什么样的人。
所以我想,我一定是攒了足够的好运气,
然后走在了一条对的路上。

Lu
Kevin

你要把心思放在值得的人身上,把故事说给懂的人听,把时间多留给自己。寻找能支撑自己的东西,听一首平复心情的歌,明日醒来,故事翻篇。就算举步维艰,也要翻山越岭,去自己想去的地方。

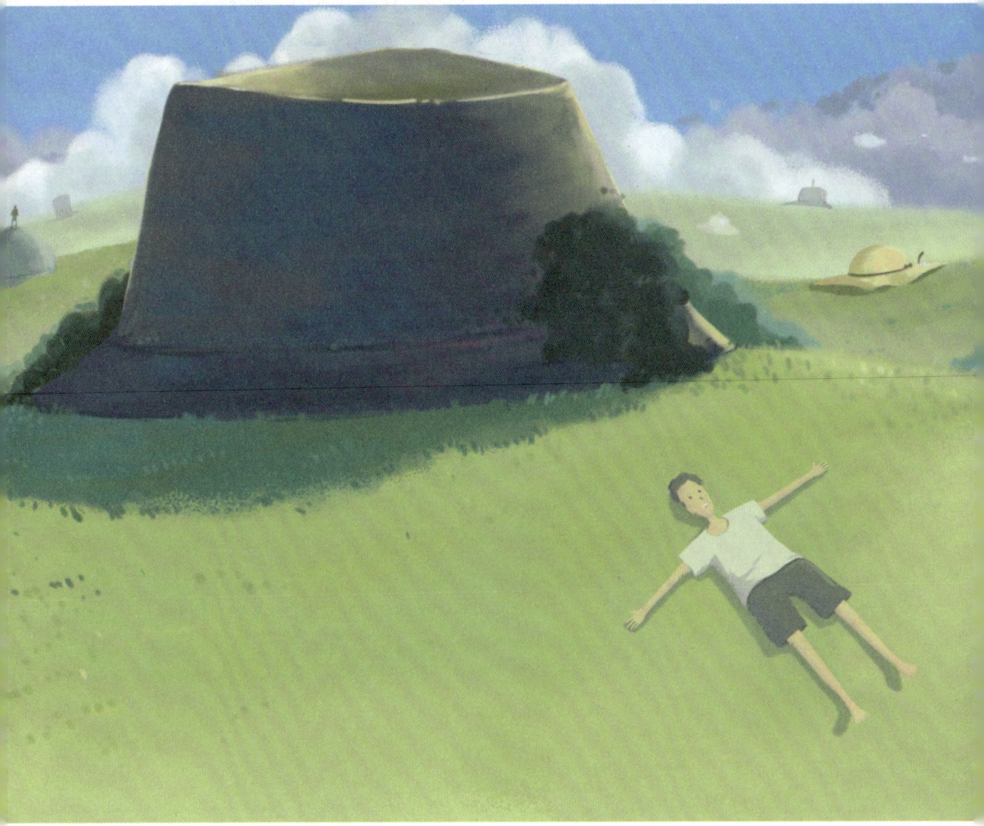

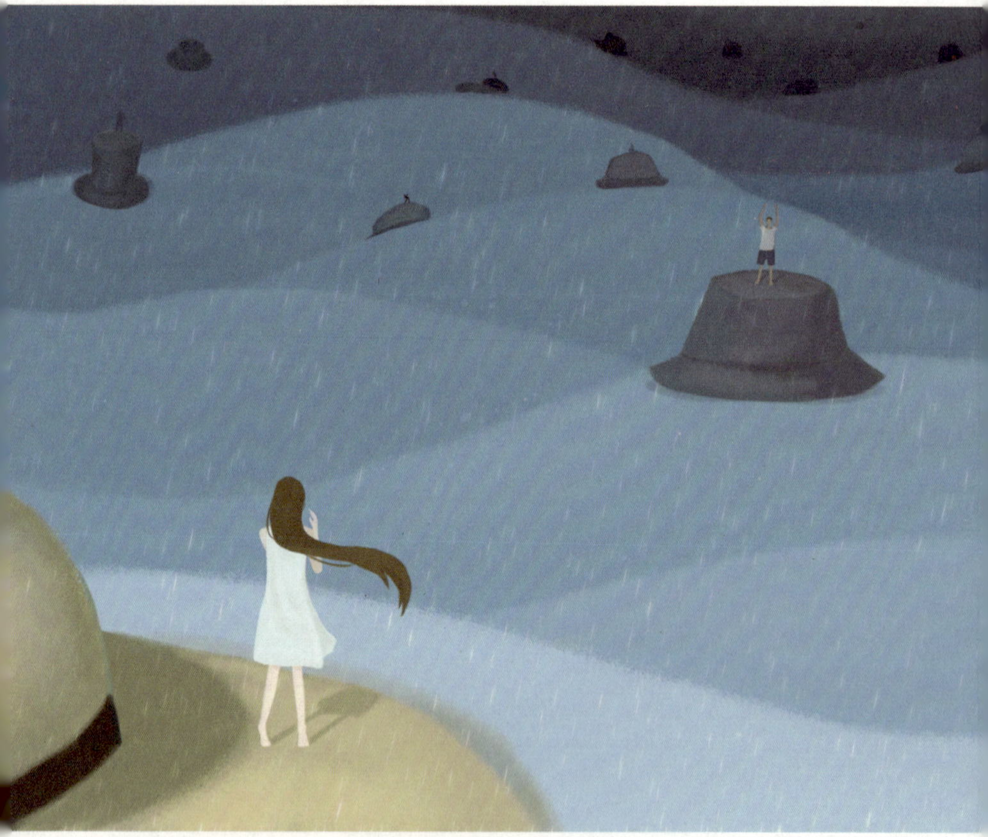

Lu
Kevin

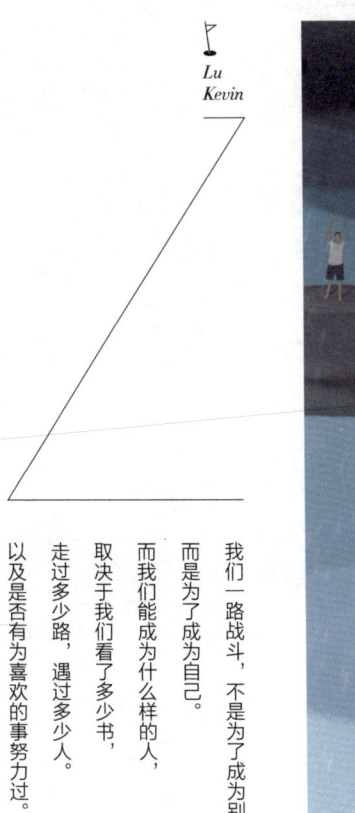

我们一路战斗,不是为了成为别人,
而是为了成为自己。
而我们能成为什么样的人,
取决于我们看了多少书、
走过多少路,遇过多少人。
以及是否有为喜欢的事努力过。

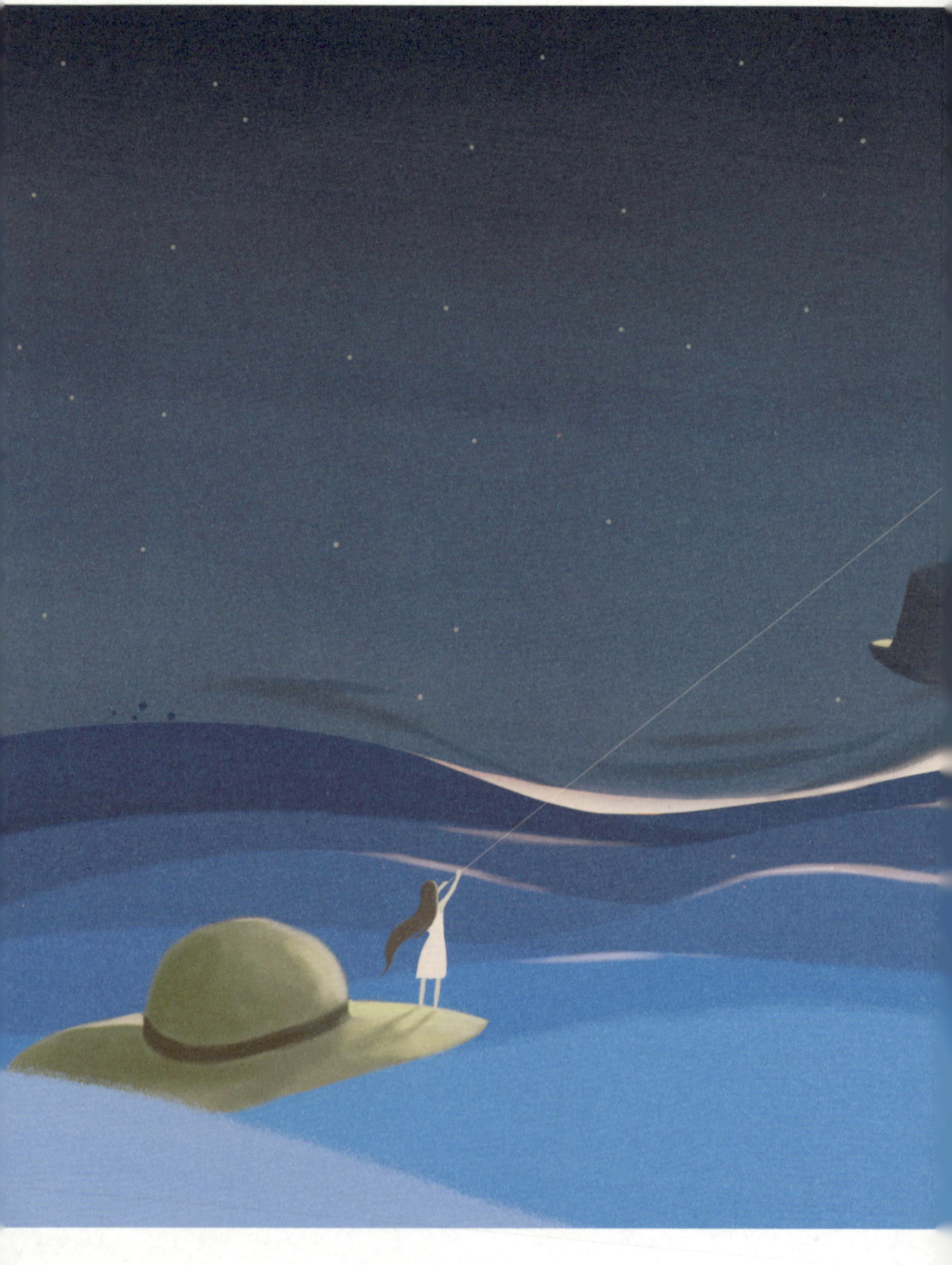

Lu
Kevin

你抬头看月亮,月亮沉默不语。
你低头看马路,车辆川流不息。
我们换了城市,写完心事,假装没事。
一无所有来,孑然一身走,
一路遇到的人,都算赚到的。

Lu
Kevin

祝你不用奔赴大海,也能春暖花开。
祝你不用颠沛流离,也能遇到陪伴。
祝你不用熬过黑夜,已经等到晚安。
如果这些都很难,祝你平平安安。

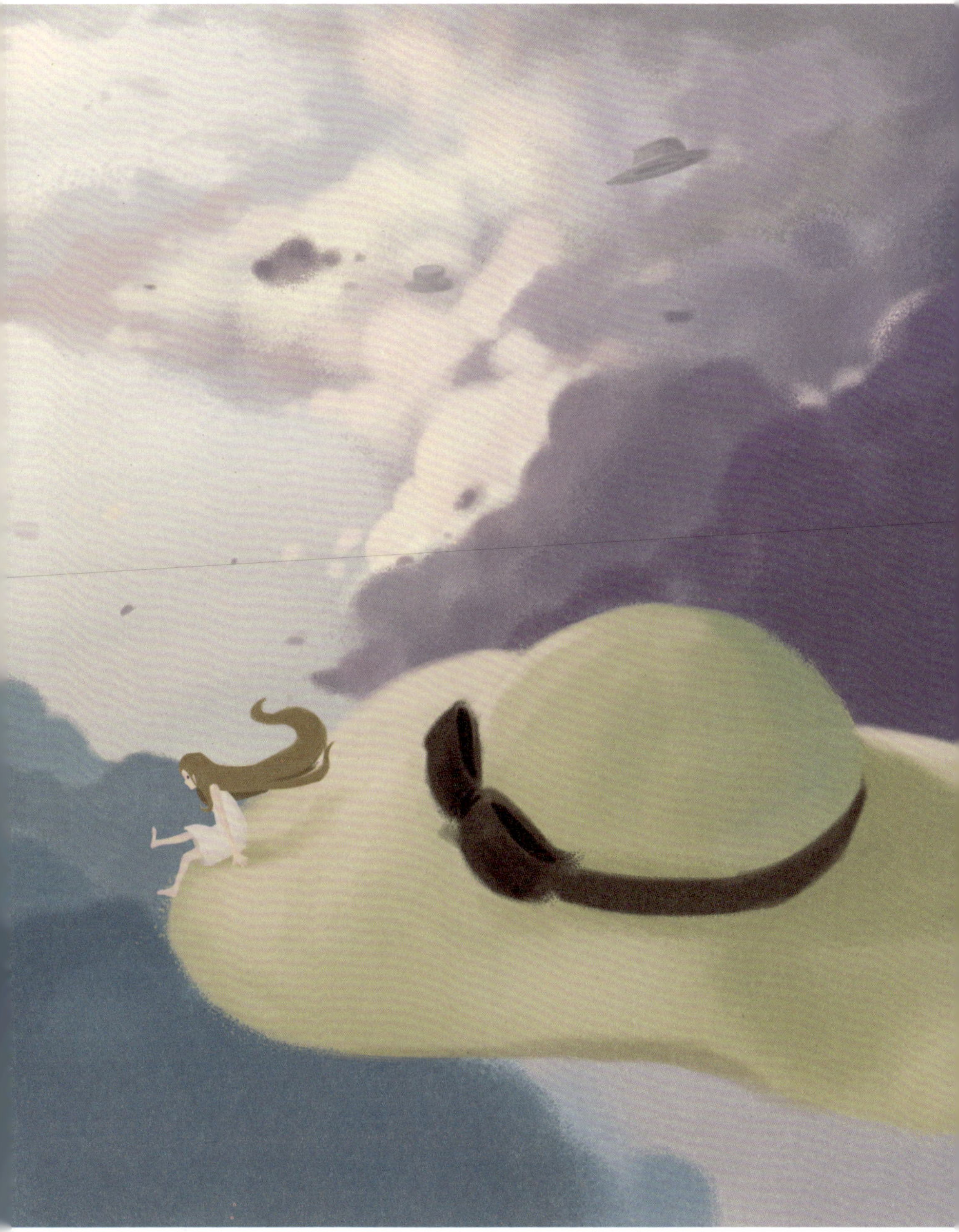

你要去相信，
没有到不了的明天
Contents

再版手记 _001
写在前面的话 _001

Part one

愿你我老去之后，
有个
嘴角上扬的
青春

你要去相信，没有到不了的明天 _002
每个人的青春里都有一条弯路 _007
有关这些的回忆，我把它们统称为"旧时光" _012
致你我折腾来折腾去不得安宁的青春 _019
想过去想得太多，就真的容易活在过去了 _025
未来的某一天，你突然发现，曾经让你痛彻心扉的那些，已经不能伤害你分毫 _032
只是缺少一个认真的告别 _043
不靠谱和很安稳 _050

Time would heal almost all wounds.
If your wounds have not been healed up, please wait for a short while.

Part two

愿漂泊的人，
能早日
不再漂泊

愿有人陪你颠沛流离 _058

不要让她忍了你很久，心里一再给你机会，你却始终无动于衷 _063

你想要的爱情 _068

先遇到最好的自己，再遇到最好的他人 _074

没有理由，哪来的理由 _082

如果离别无法避免，那最好的办法就是让自己变得更强大，能够从容地面对离别 _089

最不能勉强的，莫过于感情 _100

有些人看起来毫不在乎你，其实你不知道他忍住了多少次想要联系你的冲动 _105

你要去相信，

没有到不了的明天

Contents

活到 26 岁，然后死掉 _112

你的梦想，还是你自己的吗？ _118

别让世界改变你的节奏 _126

唯有割舍，才能专注；唯有放弃，才能追求 _135

生命是一张单程票，无法回头但是可以转弯 _139

别着急，该来的终会来 _146

要么滚回家里去，要么就拼 _152

孤独是你的必修课 _157

Part three

愿你找到
你的太阳，
愿你的太阳
找到你

Time would heal almost all wounds.
If your wounds have not been healed up, please wait for a short while.

Part four
愿你要的明天，
能够
如约而至

"为什么喜欢一个遥远的人？""因为他发光啊！" _166

你唯一能把握的，是变成最好的自己 _173

旅行的意义 _179

一路上，遇见的人 _186

你永远不知道，在你离开家的这段时间里，你的父母有多么想你 _192

黎明前的黑暗总是最黑的，但破晓即将为等待它的人来临 _197

愿我们都被这个世界温柔地爱着 _209

你要去相信，

没有到不了的明天

Contents

你在难过什么？ _222

后来的你们，还好吗 _232

这世界很慌张，你要找到从容的力量 _240

我们为什么要坚持？ _247

再多的那很好，也抵不过我想要 _253

我们很早就分开了，但一直没有学会告别 _261

好朋友是跟你一起浪费时间的人 _270

你笑的时候，世界就晴了 _276

一个人有多孤独，是无法从性格判断出来的 _282

陪你到世界尽头 _291

Part five

愿我能
一直
陪在你身旁

路还很长，我们一起走（后记）_300

谁说这样不伟大呢？ _304

Lu Kevin

再版手记

距离这本书的出版，已经过去五年了。

我想很多人都是通过这本书认识我的，那时我们都还是学生，眨眼五年过去，我们一起长大了。签售时会遇到已经结婚生子的读者，突然也会感叹时光飞逝。我并不知晓这本书在你们的人生路上扮演了什么样的角色，只想说这么些年来，希望这本书有帮助到你一点点。

或许是继续走下去的勇气，或许是重拾热爱生活的热情。我很清楚地知道身为作者，并不能跑到读者的生活里，去为你实实在在地遮风挡雨，我能做到最好的事，就是让你知道这世界有时如此糟糕，而你依旧被陪伴着。

在这个越来越浮躁且速食的时代里，比起开怀大笑，好像眉头紧锁更常见一些。

有那么一段时间，我觉得世界或许不会再好了。

我们生活在一个信息爆炸的时代，什么样的人我们都有可能在网络上遇到，什么样的价值观我们都有可能在网络上接触到，有时让我们觉得难过的是，那些明明是错误的东西却被追捧。

我说的那些错误的东西，通常包含着：浮躁、嘲弄、欺侮、指责、指手画脚。

人们开始不在乎真相，人们只要故事好听。

认真的人难免会难过，人们都开始追捧圆滑，却又各自刻薄；人们说要真相，却只是当成谈资；人们追求捷径，却又嘲笑努力。

我记得有一次演讲的时候，一个读者说，他因为讲原则，被整个部门的人讨厌。原本他们只需要敷衍了事，现在却得认认真真，就因为这样，他在部门里被孤立了。又或者原本在坚持的人，突然被排挤被冷落被不平等对待。

难免失望，难免失落，难免怀疑自己，一直以来坚持的东西到底是什么？

曾经我也面对过放弃和坚持的分叉路口，在我写作的头几年，没有人读我写的东西。那个时候是最脆弱、最无助、最想放弃的时候。偏偏身边原本的好友选择了捷径，很快就得到了回报。

在最低谷的时候，在上海无处可去，在便利店睡过，也在台阶上枯坐过整晚。一个好朋友拼命安慰我，我却听不进去，直到她说了一句："你要去相信，没有到不了的明天。"

两年后我把这句话，变成了一本书，而我想要的明天，竟也真的到来了。

这本书的底色是青春，是坚持，是梦想。是尚还年轻的我，给自己的一种自我鼓励。在人生的某个节点，我选择坚持下去，太阳每天照常升起，总有一束阳光是属于我的。或许回过头看当初的自己，有些稚嫩，却能看到真诚和热血，我们竟在成长的过程中不知不觉地把这些丢了。

我真诚地希望这本书可以让你重新拾起曾经的自己，那个在大雨里等雨停的自己，那个日落会停下脚步的自己，那个笃定坚信又认真的自己。

我始终觉得天真是个好词，前提是你了解了世界有多坏，却还是对世界充满热忱。

如果我能够让自己的书，或者是文字，变成一把手电筒，或者变成一颗星星，抑或变成一只萤火虫，那就好了。

当人在黑暗中行走的时候，倘若能发现身边有萤火虫有那么一道光，那他会受到鼓舞，然后继续往前走。我会觉得如果我是萤火虫，我的读者是萤火虫，我读者的朋友是萤火虫，大家都在发着自己的光，慢慢地，慢慢地，那条隧道本身就会亮起来。

倘若人生注定是一场颠沛流离，我们注定要一路兜兜转转，那么有一束遥远的光芒，总是一件美好的事。

我就是抱着这样的信念，才一直写到现在的。

这些年去了很多地方见了很多人，遇到很多读者，也见了很多孩子。

在演讲中我说，我的梦想有两个，一个是陪伴我的读者，另一个是保护我们的下一代，保护那些孩子。有很多个夜里，我都告诉自己，卢思浩，你还能做更多。

所以还想做很多的事情，包括这本书的再版。

出版社联系我，告知我原版书版权已经到期，如果要继续出的话必须出一个新版，所以我才有机会写下这些文字。我花了很长的时间想要重写以前的文字，最后却只改动了些许。才发现文字自有它自己的生命力，连作者本人都没有办法。如果强行改动，反而会丢失一些属于那个年纪的热血和真诚。

所以我加了最近发生在我身边的故事，构成了全书最后崭新的一章，它们占据了近三分之一的篇幅。

这是我能做到的，最低限度的真诚。

我相信人生不只是初见，再见亦是同路人。

这本书一直在鼓励大家要相信生活相信明天，或许有人说这样不负责任，但我想告诉你的，并不是你要盲目乐观，而是看到世界的真相依然热爱生活。

只有这样的人，才能走到自己想去的地方。

祝你我都能到达自己的目的地，并依然相信努力、热忱、真诚和梦想这些词。

也真诚地希望这本书，可以陪你走过一段让你难熬的时光。

如果我们可以坚持自我，坚持美好，那明天就会慢慢变成我们想要的，世界也会逐渐好起来。我们改变不了世界，就让我们成为彼此的光。

最后，谢谢你读我，一千一万句感激。

——2018.05.05 于北京朝阳小舍

我从来不觉得人的成长是为了证明之前的不切实际和幼稚，

梦想是用来实现的，

但是太容易实现的，那不叫梦想。

Lu
Kevin

你要去相信，
没有到不了的
明天

Lu Kevin

写在前面的话

2009年初,我正式开始一个人的生活。一个人怀揣着所谓的梦想,去往一个陌生的城市生活。现在想来,那时常念叨着所谓梦想的我,也许根本不明白"梦想"这两个字的含义和它所蕴含的力量。曾经看到一篇文章,说如果你有一台时光机可以回到过去,你会对过去的自己说些什么。我认真地想了想,如果有一台时光机,回到最开始的那几年,我会对那个动不动就嚷嚷着要放弃的自己说一句:"感谢你没有选择放弃。"

2013年3月的某一天,凌晨三点半,我坐在电脑前为自己的第二本书写序。还是一个人生活,还是会每周习惯性地看完一本书,还是会把自己的心情写下来与大家分享,喜欢的歌还是那几首,身边最好的朋友还是那几个,仔细想来这便是我最大的幸运。曾经我想,如果有人愿意陪着你一起做梦,就是莫大的幸福,然而更让我觉得幸运的是,这样的人不止一个。还记得最开始,我带着近十五万字的书稿——当然它不是现在的这个样子——去拜访那家商谈了很久的出版社。接待我的姑娘一脸笑容地看着我,说着很多欣赏的话。然后不到十五分钟,我就离开了出版社的写字楼,没错,我被拒绝了。那天的太阳挺暖和,等着我的死党在我身边说着鼓励的话,他跟我说:"没关系,我认识的你,跌倒了也会爬起来战斗到底。"之后,便有了你们在网络上看到的同名短文《没有到不了的明天》。

20多岁是一个尴尬的年纪,即便在幼时我曾经无比憧憬过这样的年纪。小时候的自己总是有着很多梦想,想着自己的黄金年代会是一个什么样的人,那时自己的诸多幻想中,绝对没有想到我会是这么一个样子——我没有成为威风的警察,也没有成为科学家,我更没有改变世界。20多岁的我们,好像被印上了很多不属于我们的东西。我们被迫懂得很多人情世故,我们被迫知道现实的残酷之处,伴随着我们所谓的梦想和一触即溃的自尊,开始变得不知所措。我们想要依赖自己,却发现自己还靠不住;我们安慰自己还小,却发现身边的朋友已经风生水起。我们想要依靠自己生活,却发现生活远比我们想象的困难;我们想要在黄金年代里做我们自己,却发现最难的就是做自己。

然而一切还是过来了,那个曾经好几次觉得自己就要这么倒下的时刻还是过来了。在这样的生活里,我学会了怎么看待离别,怎么看待孤单,怎么看待生命里这些无能为力的事情。当你还没有出去看世界，还没有踏上实现梦想的第一步的时候，你的踌躇满志并不是梦想；当你看清了全世界，当你明白梦想是多难实现的时候，你才真正明白了梦想是什么。这本书里所写的，都是我一个人的时候感悟出来的。通过不断地读书，不断地累积，不断地经历很多从前想象不到的事情，慢慢感悟出来的。有时候会觉得坚持不下去了，更多的时候我会跟自己说，没关系，再试一次，试着用你想要的方式生活下去。

罗曼·罗兰在《米开朗琪罗传》里说："世界上只有一种真正的英雄主义，那就是认清生活的真相后依然热爱生活。"

我想对我来说，这就是明天存在的意义，只有跌倒过才会更加明白想要坚持的是什么。这本书，记载着我的低谷和失落，记载着一直在我身边的朋友，记载着我的一点一滴，也记载着我是怎么在一次次的失落里看到了太阳。

亲爱的朋友，愿你和我一样，也能从生活中找到生活下去的阳光。亲爱的朋友，愿你的太阳找到你，愿你找到自己的太阳，这便是我写下这本书的全部意义。

Time would heal almost all wounds.
 If your wounds have not been healed up, please wait for a short while.

Lu
Kevin

你要去相信,

没有到不了的明天

愿你我老去之后,
有个
嘴角上扬的
青春

如果你现在正走在一条看起来没有未来的弯路上，
记住，一定要坚持走下去，把这条路走完。
只有等你走完眼前这条路，你才能知道想要的是什么。

如果觉得累，
没关系，
我在这里陪着你，
一直陪你走到出头的那一天。

你要去相信，
没有到不了的明天

Lu
Kevin

你要去相信，没有到不了的明天。不管你现在是一个人走在异乡的街道上始终没有找到一丝归属感，还是在跟朋友们一起吃饭开心地笑着的时候闪过一丝落寞。

不管你现在是在图书馆里背着怎么也背不住的英语单词，还是在新的城市迷茫地看不清未来的方向不知道要往哪儿走。

不管你现在是在努力去实现梦想却没能拉近与梦想的距离，还是已经慢慢地找不到自己的梦想了。

你都要去相信，没有到不了的明天。

有时候你的梦想太大，别人说你的梦想根本不可能实现；有时候你的梦想太小，又有人说你胸无大志。有时候你对死党说着将来要去环游世界的梦想，却换来他的不屑一顾，于是你再也不提自己的梦想；有时候你突然说起将来要开家咖啡馆的愿望，却发现听你讲述的那个人，并没有听进去你在说什么。

不过又能怎么样呢，未来始终是自己的，梦想始终是自己的，没有人会来帮你实现它。也许很多时候，你要的不过是朋友的一句鼓励、一句安慰，却也得不到。

但是相信我，世界上还有很多人，只是想要和你说说话。

因为我们都一样。

一样地被人说成固执，一样地在追逐他们眼里根本不重要的东西。

所以，又有什么关系呢，别人始终不是你，不能懂你的心情，你又何必多去解释呢。这个世界会来阻止你，困难也会接踵而至，其实真正关键的只有你自己：有没有那种倔强。

这个世界上没有不带伤的人，真正能治愈自己的，只有自己。

有时候很懒，懒得去经营一份感情，懒得走进其他人的生活；有时候，昨天跟你擦肩而过的那个人，今天不经意地走进你的生命里；有时候，你很在乎的那个人，悄无声息地离开了，却把你们的回忆留了下来。

初中时你暗恋那个女生，你鼓起勇气表白，最后却连朋友都没做成。高中时你又喜欢上另一个女生，却不敢去告白。其实那个女生也喜欢你，一直在等你的那句话，于是你们错过了。大学时，有人住进你的生命里，你们爱得轰轰烈烈，可是到后来，你们还是分开了。直到工作后，我们反而很难喜欢上一个人了。

Lu
Kevin

时光飞逝,这一切都过去了,你还是一个人,偶尔会孤单,偶尔会难受,也会想要有个人拥抱,所以你还是在等。

没关系,你一定会等到的。你一定要相信,那个人也在经历了很多之后在找你。你要做的,就是好好照顾自己,让自己在最好的状态里,遇到最好的他(她)。

曾经受过的伤,你觉得一辈子也忘不了,不还是过去了。曾经离开的人,你以为你一辈子也放不下,可后来你还是发现,原来真的没有谁离开谁就会活不下去。曾经说过的梦想,最终你也没能实现,可是你在实现梦想的努力中,找到了喜欢的那个自己。

也许你到最后也没能环游世界,不过没关系,因为你跟你的他(她),见到了世界上最美丽的风景。

也许你到最后也没能家喻户晓,不过没关系,因为你的朋友,都很开心能够认识这样的一个你。

也许你到最后也没能牵到喜欢的那个人的手,不过没关系,因为你,已经在他(她)的心里了。

其实很多时候,我们在很多小事中不知不觉地改变了,只不过那些点点滴滴要回过头才能连成线。

你要去相信,
没有到不了的明天

我们辛辛苦苦来到这个世界上,可不是为了每天看到的那些不美好而伤心的。我们生下来的时候就已经哭够了,而且我们啊,谁也不能活着回去,所以,不要把时间都用来低落了。去相信,去孤单,去爱去恨去浪费,去闯去梦去后悔,你一定要相信,没有有到不了的明天。

谁不曾感到过失望,谁不曾辜负过青春,我们总是在昨天狠狠绝望过一回,然后突然醒悟般走向未来的生活。

我们终究还是找到了,找到了微笑着走向明天的勇气。

喜欢一个人就去追,因为在这一辈子里面,你可能只有这一次机会能牵到那个人的手了。有梦想就去努力,因为在这一辈子里,现在不去勇敢地努力,也许就再也没有机会了。

你要去相信,一定要相信,没有到不了的明天。

BGM ♪ 五月天 《笑忘歌》

年轻时我们碰杯,谈论的都是未来,脑海里想的都是世界。
我们满怀憧憬地出发,又跌跌撞撞地迷茫。
或许这是我们成长的必修课。

只有穿过那迷雾,才能真正地勇敢。
这条路上没有人能帮你,
你只能靠自己,
但什么都失去的时候,
还有未来在。

每个人的青春里
都有一条弯路

你要去相信，
没有到不了的明天

一.

朋友 A，暗恋一个女生六年，最后还是无果而终，而我们最为他愤愤不平的是，自始至终他都没有让那个女生知道自己喜欢她。可是他说没关系，因为当他回想起她的时候，他发现他自始至终都没有期望过她会出现在他的明天里，但如果时间倒流，他一样还是会去喜欢她。

暗恋的好处就是，她的一个举动、一个微笑，就能让你莫名其妙地记住好多年。

不是所有的故事都有 Happy Ending（完美结局），但不是所有不是 Happy Ending 的故事都没有意义。即使某天你回想起一个人，她曾经让你以为她会出现在你的明天里，可是自始至终她都没有出现在你的生活里，你也不会觉得白忙活了一场。在对的时间遇到对的人，那是扯淡；在错的时间遇到对的人，这就叫青春。

二.

朋友 B，前阵子一个人从西藏回来。尽管现在"西藏"像一个泛滥的名词，我们还是无法掩饰对她的佩服。她的 Gap Year（间隔年）开始得轰轰烈烈，在前阵子结束了，她说自己从来不是一个那么坚持、那么笃定的人，但是突然觉得，就这一次，不能再半途而废。她说，这一次要把自己以前所有没用到的倔强都用完，把所有的半途而废都给弥补上。

她这么说着，她也这么做了。

然而在她这么独立的形象出现之前，她经历了一次失败的感情。双方父母同意，订婚酒席也办了，所有人都在等待他们的婚礼，男主角却突然消失。因为不了解事情经过，我不想去评判什么，但忍不住还是替她可惜。

只是我们谁也没有想到，她会以这么独立强大的形象归来。她说自己已经把之前黄金年代的一部分都给了他，之后的日子不想再为他浪费了。

三.

不久前同为留学生的 M 问我，每一次在机场最让我触动的是什么？我想了会儿说，是看到留学生们离别时候的感伤吧。他摇摇头说，最让他触动的是，无论那人之前的生活怎样，他的性格是懦弱还是坚强，走进海关的那一刻，即使已经泪流满面，他也不会回头。

那些已经难过到抑制不住哭声的人，也绝不会回头，也绝不会把自己的软弱展现在父母面前。

每到 6 月,就会有很多人绕了一个大圈子,然后回国,终究是回到那个熟悉的地方。曾经我想,为什么我们绕了一大圈还是毫无例外地回到了原地?为什么明明全世界最爱我们的两个人都已经在身边了,我们却还是要离开他们?

后来我才想明白了,就像我常说的,所有漂泊的人不过是为了有一天能够不再漂泊,能够保护自己的家人。只有经过这样的折腾,这样看起来的一种徒劳无功,才能明白原点是一个什么样的东西。

四.

我从来不觉得自己是一个很靠谱的人,我谈不靠谱的恋爱,写没人看的书,打着旅行的旗号一个人去很多地方。每次我在陌生的地方看着陌生的天花板,想的却总是家;每次我错过了那个人之后,我才会发现哪些地方我做得不好。我曾经想,为什么要这么折腾,为什么那么不靠谱?

然而成长的一部分就是这样,你不断地跟熟悉的东西告别,跟熟悉的人告别,做一些以前从来不会做的事情,爱一个可能没有结果的人。在某个阶段,尤其当你寂寞太久的时候,有太多的冲动,把喜欢当成爱,把一秒当成永恒。然而如果不是这么折腾,你也不会知道自己真正想要的是什么。就好像如果我们不经历这一遭,我们大概也无法相信,原来幸福就是爷爷跟我讲故事这样的一件小事。

Lu
Kevin

很多人都跟我说"不如不见"之类的话，但是我觉得相遇就是一种缘分。太多人就是要得太多，反而什么都得不到。能相遇，能变好一点，能同行一段，那也挺好的。人生本就是离别的集合体，如果不珍惜每一次的相遇，那一辈子就太短了；如果分开后总想要遗忘对方，想着不如不见，那一辈子就又太长了。

每个人的青春里都有一条弯路，谁也无法替你走完，但未来总还在。

我曾经在文章里写：愿有人陪你一起颠沛流离，一起走到出头的那天，一起走到你一生那一次发光的那天。曾经也有人给我留言，说看我的文已经三年了，突然也会感觉时光飞逝。我只希望这么多年过去了，你没有觉得这些年白白度过。

所以今天想再加那么一句：愿有人陪你颠沛流离，如果没有，愿你成为自己的太阳。

愿你成为自己的太阳。

BGM 🎵 One Republic *Secrets*

你也许也是这样，
刚见面的时候从没想到日后她会在你心里占据那么大的位置；
再或者就是你们互相喜欢对方，
可就是没能在一起。
总是在想要告诉对方的时候发生些什么让你最终没有说出口，
这样的狗血戏码好像总是在上演。

多少人把青春耗在暗恋里，
却没有在一起？

有关这些的回忆，
我把它们统称为
"旧时光"

你发现没有,回忆这东西,藏在你脑海的某个角落里。平时不会想起,在你听一首歌,看一部电影,走过一个熟悉的街角时,它就会出现,突如其来。很多你以为早已忘却的回忆,其实你一直都记得,它们永远是你的一部分,当回忆找到我们时,我们都无处可藏。

有关这些的回忆,我把它们统称为"旧时光"。

高中时代大概是我所有的旧时光中,最青涩懵懂的一段。因为这段时光在我当初经历的时候是最最难熬的,可是当某天我回忆起来,却发现那时一样是美好的。说不定真如书里所说:那些好时光都是被浪费、被辜负的,只有在我们沉淀了岁月以后回过头来看,才能幡然醒悟,那竟是最好的时光。

那还是跟死党们互相叫着外号的年纪,还会做三角函数,经常会为了一道物理题跟死党争得面红耳赤。桌上堆着永远写不完的作业和看不完的教科书,头顶咯吱咯吱一直响的风扇常让我莫名其妙地担心它会掉下来,脑海中幻想着可能发生的血腥画面。

我常觉得青春会给回忆带来一层滤镜,而夏天就是回忆里最明亮的一张旧照片。

我总是跟最要好的朋友说着将来想要去的地方,他也每每不厌其烦地摆着他的那张臭脸,对我说还是把英语作业好好做完再说吧。而我似乎从来不在乎他的臭脸,照样说着自己的大道理。

那时候我觉得友情这东西比什么都可靠,而衡量两个人友谊的标准,就是看你能忍受住对方多少次"臭脸"。

当然,每个男生在高中的时候都有一个喜欢的人。

你是射手座,碰巧你喜欢的也是五月天。我清楚记得第一次问起你生日的时候,你一脸臭屁地说:"我的生日跟陈信宏的生日一样,就是那个写出《温柔》的阿信。"那是我第一次知道陈信宏的生日,然后没想到,从不追星的我一发不可收拾地喜欢了他们整整八年。

你呢,总是抱怨学校的伙食太差,却从来容不得别的学校的人说我们学校的半点不好;你总是说要把手里的日记本写完,结果到了高中毕业你才写了九页。

那次你过生日,我想尽一切办法,费尽心思给你弄来了陈信宏的签名CD,却在你面前轻描淡写地说是朋友送给我的,正好就转手给你了。

那时我们上课偷偷发短信,没想到我鬼使神差忘记把手机设置静音,我只得一脸无奈地看着教室另一边偷笑的你。

我们会隔着半个教室传纸条,我们也会时不时地一起去食堂吃饭。下课后

Lu
Kevin

我们会一起趴在栏杆上，只是我从没能确定你到底喜不喜欢我。然后有天我送你回家，当时的路灯很昏黄，还真是给我营造了很多气氛，我想要悄悄牵你的手却始终没能鼓起勇气，等终于快到你家，当我想对你说"我喜欢你"的时候，你却像是看穿了我一样，说："我们会做一辈子朋友，对不对？"生生把我的话给憋了回去。

现在想起来，我觉得你一定是故意的，那时候你总能一眼就看穿我，你这王八蛋。
你说往后的日子我们不知道在哪里，也或许会失去联系。当时我觉得你就是装大人，总爱说一些我听不懂的话。
后来才发现，在青春的年纪里，你永远比我成熟。
故事没有然后。

我想或许有很多人也是这样，总想着，高中毕业了怎么着也要对她说喜欢你，可后来怎么也没说出口。再后来，她去了另外一个城市念大学，联系不可避免地少了，那些感情也随着时间的流逝渐渐地掩盖起来。直到后来有一次聚会，有人起哄让你们俩坐在一起。你那时不知道为什么来了一句："其实那时候我很喜欢你呢。"没想到，她一脸严肃地看着你说："我也很喜欢你，那时候。"

你一定也大脑空白了几秒钟，可也只是这样而已，你甚至说不清自己心里是开心还是难过。岁月是神偷，很抱歉谁也回不去了。像风吹过草原，像大雪铺满大地，转眼又是万里无云，阳光明媚，风和大雪都没留下一丝痕迹。

你要去相信,
没有到不了的明天

很久以前我以为我战胜了青春,我认真过,努力过,奋斗过,一腔热血。可后来我们说着那些我们得到的,才发现我们也同样失去了。
或许我们从来没能战胜过青春这个残酷又美好的东西。

说不定在一起了,反而就没那么美好了。说不定这世上最好的感情,就是你喜欢她、她喜欢你,你们却没能在一起。或许道理我们都懂,可还是忍不住幻想,幻想我们在一起以后的生活,会有多好。

之后过了很久,李婧跟我聊起那时候我们上课偷偷看的小说要被搬上银幕了,我一下子就想起了女主角说的那句话:"人生本来有很多事是徒劳无功的,但我们依然要经历。"

转眼几年过去了,一年又一年时间飞逝得远比想象的更快。毕业后跟她回母校,以前的教室仍然有人在上着课,是我最头疼的物理;操场上篮球场上挤满了人,麦迪那时是所有男生的最爱;走廊里男生女生在偷偷讲着悄悄话;拥挤的食堂,总是坐不满的会议室,红色的教学楼,一切如常,唯一变了的只是换了一拨又一拨的学生。

我才突然明白,原来青春一直没有变,它只是我们路过的一站,我们过了这一站就不会再遇到了,可后面还会有人陆续经过这一站。可我们经过了就没办法回去,只能远远地看着,暗自怀念不已,就像时间一直没有走,走远的是我们自己。

这样的一种无奈和徒劳,一如我当时那么地喜欢你,一如你为了等我在寒风里裹着衣服站了很久，一如最后我们都没有在一起。

那天你跟我站在操场感叹着旧时光，却看见更年轻的"我们"在拼命挥霍。一样的懵懂，一样的青涩，一样的不知道怎么开口对喜欢的人说喜欢你。总有人变成当初的我们，犯着当初我们犯过的类似的错误，挥霍着我们无比想回去的旧时光。

究竟是那时不谙世事的我们懵懂地喜欢着一个人的感觉更珍贵，还是经历了世事之后的我们终于对爱的人说出一句"我们在一起"更不容易？这个问题，也许谁也没有办法回答。

有些青春的故事，还没有开头，那就不要开始了吧。

这就是我现在能写下的关于你的故事，青春、懵懂、喜欢，还有五月天，有遗憾却不后悔。

还记得那天李婧问我："如果回到过去告诉你，你遇到的那些人最后的结局是远去，你付出的感情最后的结局是遗忘，你还会跟以前一样吗？"

我看着她说："其实说起来，故事的结局我们早就知道了，不是吗？"她看着我，笑了笑说："是啊。"

其实从一开始你就知道。你知道感情从来就不是你对他好他就会对你好，你知道现在面对爱情谁都不是善男信女，谁都曾经或多或少受过伤，看过

你要去相信，
没有到不了的明天

那么多背叛，谁也不会刚恋爱一个星期就毫无顾忌地掏心掏肺。

其实从一开始你就知道。你知道有些话只是借口，你知道也许我们的恋情只是一时冲动，撑不过一个夏日的午后，你知道我们的感情可能不会有一个美好的结局，你知道其实身边的朋友没有多少人看好我们。

其实从一开始你就知道。你知道不是所有梦想都可以逐一实现，你知道有些人今天对你好明天就可能把你忘得远远的，你知道总有一天我们都会慢慢地变成铜墙铁壁的大人，你知道那些无奈的琐碎的人或事，早晚会找到我们，我们不会再肆无忌惮而又热泪盈眶。

奇怪呢，那时候总觉得各奔东西之后，最不会失去联系的人就是你，却没想到最先失去联系的人，就是你。

那么接下来，还有很多日子要走。就把你的幼稚难过，把你的孤单寂寞，把你美好的不美好的开心的失落的那些，把你所有关于年轻而又无知的一切，都毫无保留地送给那些在青春里陪着你的人吧。

然后跟现在依旧能陪伴在你身边的人，带着最后的一丝勇气和任性，以及那千疮百孔的梦想，一起在这疯狂的世界很努力地走下去。

带着那些无法割舍下的旧时光，很努力地走下去。

BGM ♪ Green Day *Wake Me Up When September Ends*

把遇到的人见过的事都记下来，趁还年轻；
把感动过的奋斗过的都写下来，趁还记得；
跟爱着的人用力牵手拥抱，趁还相爱；
把折腾的青春折腾下去，
趁还热血。
要一个其他人都没有的青春，
这样才算活过。

致你我折腾来折腾去
不得安宁的青春

你要去相信,
没有到不了的明天

有那么一个人,在你最难过、最无助的时候总在你的身边,在看过你最落魄、最真实、最不堪的一面之后也不会离开你,在你失眠的时候凌晨四五点死撑着不睡觉陪你聊天。你考虑过无数个人、无数种情况,偏偏没有想到陪着你的这个人喜欢你,偏偏不知道他迟迟不开口是因为害怕失去你。

有那么一段时光,你是某个人的狂热粉丝,你爱他,你想要知道关于他的一切,任何一点风吹草动都能让你躁动不已,他的一言一语你都记在心里。你支持他的所有错误决定,在他难过的时候陪在他的左右,可是他从来不相信你爱他,所以你守护着他,以最好的朋友的名义。

有那么一个夏天,因为错过和失去,你甚至不愿意去回忆,可你越抗拒越是忘不了。我们在一次又一次的散伙饭里来回奔波,一起抱头痛哭,也畅想着未来四年的幸福生活。结果呢,结果那个毕业的夏天,那年的蓝天已经悄然不见了,那间上课的教室,那个人早就不知道去了哪里,那些所谓的时光突然就所剩无几,转眼我们已各奔东西,不再联系。

于是我们对这些有了一个定义——青春。

好朋友跟他女朋友分分合合好几年,我们这些局外人都为他们揪心。终于,他们大大小小各种事情都经历过了一遭,父母不同意撑过来了,异地三年也撑过来了，感情中甚至出现过第三者，可他们也撑过来了。当我们都以为他们终于可以稳定下来结婚的时候，他们分手了。

我们一直都不知道发生了什么，我们不提起，他也不会主动说。直到有一天我们一帮人聚餐，聊到这个话题的时候，他才说了一句："过去的就让它过去吧。"

一句话说得云淡风轻轻描淡写，才更让人觉得难受。

我看着他，突然想：折腾了那么久，什么都没得到，值得吗？

天气越来越冷，生活节奏越来越快，我们也越来越沉默。空虚掷地有声，在每个夜晚回响，往事却安静得可怕，我们都不敢去打扰它，假装遗忘，怕按下开关照亮的只剩难过，所以我始终没有问出那一句。

之后我们共同的朋友出国了。其实他完全不用出国，他家境很好，学业有成，活脱儿"别人家的孩子"，可他还是义无反顾地去了法国。

起初我们都不理解他的想法，后来他说："以前我们小，没办法为自己做选择，但这没有什么可遗憾的，因为那时我们没有选择。现在我们长大了，能够为自己做选择了，却又开始犹豫了。我不想让自己遗憾，我想去法国，所以我去了，就这么简单。"

听说他刚开始过得很辛苦，不过现在稳定下来了，读完了硕士，准备读博士，建筑专业，至今我依然难以想象他戴着眼镜认真苦读的样子。

跟他们比起来，我的青春看起来平凡得多。我跟很多人一样喜欢班里的漂亮女生，却不敢去表白；一样不喜欢上课，可还是一副乖乖的样子用功学习；一样省吃俭用偷攒零花钱，就为了买一本篮球杂志……就是这样普通而又平凡，却还是做着要改变世界的美梦。

倒是那天夜里朋友跟我聊起天来，他问我为什么不找一个人陪伴。我说，大多故事的结局都那么悲惨，我不想那么难过。他盯了我半晌才说："老卢，这不像你。你不是一向不怕折腾的吗？你不是最害怕遗憾的吗？怎么这么快你就要对自己对未来对感情彻底失望了？"

脑海里突然闪过之前想问他的那个问题：这样的折腾，值得吗？然后我听见心底的另一个声音：值得。

陈信宏说，青春是手牵手坐上了都不回头的火车；有个作者说，青春不过是淋了雨，还想再淋一遍；《疯狂世界》里说，青春是泼出去的水，用力地浪费，再用力地后悔。

总是凌晨三点的时候还在赶着今天要交的论文，总是翘掉最后那节课去操场追逐那不停的篮球，总是在难过的时候拉上最好的朋友喝个烂醉，总是很强烈地喜欢一个人不去计较有什么回报，总是不停地受伤又不停地爬起来，觉得自己不可救药可还是不知悔改。

就像去读设计的朋友一样,他说他正年轻,他说他想出发,所以他做到了。

青春是一群不知天高地厚的傻小子拼命地向前冲,然后跌倒;青春是明知道下一句台词是什么,也会毫无意外地被感动;青春就是在你的勇气快要消失的时候,有人告诉你不能怕,要向前冲。

也许三年后、十年后、三十年后的我们回想起来,会觉得这时候的我们无比幼稚,可是只有经历了如此折腾的青春之后,才能明白原来陪伴是这么珍贵的一件事。

有多少人愿意在最美好的那几年陪着默默无闻的你?又有多少人愿意毫无怨言地包容你的任性和懵懂?

在那些看起来平凡而又遥遥无期的日子里,因为有了这些人,有了彼此的陪伴和在青春里留下的痕迹,才没有浪费这些年。

或者更应该说,正是因为遇见了你们,才有了我的这些年。

突然有点想笑,还好我们遇到了彼此,才让我学会了折腾。因为有这么一群不省心的朋友,我才不得安宁地度过了青春;又因为有努力去实现梦想的榜样,让我时刻不停地朝梦想走着。

以前有时候会想,如果没有遇到你们这帮损友,我的日子会是什么样子的。

你要去相信,
没有到不了的明天

也许很安逸,也许比现在还疯,但是现在的我,已经不再去想那些假设的东西。

就是因为有你们这帮无肉不欢、不损对方不舒坦的损友,我才有了我的这些年啊,我才是现在的我。青春这么复杂的东西,我不懂我也不想去懂,它是残酷、是美好、是遗憾、是疯狂,我都无所谓。因为我已经看到最珍贵的东西,度过很珍贵的那些年了。

那么在最后向这个世界投降之前,再疯狂一次吧。我还有一个牛×的要去实现的梦想,我还有一群死党,所以没什么好怕的。

杀死我们的东西,一定是平淡而又安稳的。

每天每夜度过的日子,写过的文章,读过的书籍,看过的电影,认识的那些人,去过的那些不知道名字的地方,所有青春里的这些折腾,慢慢地,它们会堆砌出你想要的未来。

等到那时候,你就会发现,其实一切都有迹可循。

愿我们老了回忆起来,会有一个嘴角上扬的青春。不,我们老了之后回忆起来,必须有一个嘴角上扬的青春。

BGM ♪ 五月天 《一颗苹果》Live 版

对于那些过去的事过去的人，即使你拼命回忆也回不到以前。
可是回忆越来越美，旧时光把你困在里面出不来。
是啊，过去多么美，现在多么狼狈。
可是就在你沉浸于回忆中的时候，
你错过了一个又一个人，
你忘记了最重要的今天。
所以，
永远要现在努力，
把回忆当成一种力量，
更好地走下去。

想过去想得太多，
就真的容易活在过去了

你要去相信,
没有到不了的明天

我们努力是为了以后,我们都说要活在当下,可我们却永远都活在以前。《泰坦尼克号》第一次上映的时候,正是 1997 年。

那年的我不过小学,没有去看《泰坦尼克号》,不明白这艘沉没近百年的大船有着什么样的魅力。那时的我,不过最爱着《数码宝贝》和电视机里的周星驰,跟玩得最好的那批小伙伴收集水浒卡片、玩着弹珠,就这么迎来了 21 世纪。

眨眼我们到了 2012 年,相传玛雅人预言这一年是世界末日,周星驰的电影不再频繁地出现。《数码宝贝》迎来了它的完结篇,度过了最后的荣光,湮没于时间的长河。小伙伴们早已经失去联系,即使现在的通讯比以往任何时候都便捷。这一年微博传言所有食品都有害,所有陌生人都不能信,菊花不再只是泡茶的植物,2B 也不再只是铅笔。有时候我会想,也许 2012 年真的是世界末日也说不定。

这两年唯一的共通性,是一部电影,是一艘沉船,是杰克和露丝永恒的爱情故事。我第一次看《泰坦尼克号》的时候已是高中,那时候家里有了第一台电脑。电影三个小时,看完时不由得庆幸我没有太早地看这部电影,1997 年的我无论如何都没办法看懂这部电影。

同《泰坦尼克号》一样,《致我们终将失去的青春》《将爱情进行到底》也披上怀旧大衣,出现在各大电影院里,诉说着他们的爱情故事,演绎着他们各自的结局。而明明知道结局是什么的我们,还是再次被这些感动了。

因为他们诉说的不仅是剧中人的故事,也是我们的故事,还有过去15年我们经历的离别,经历的爱恨,经历的人生。

转眼15年过去了,杰克和露丝依旧活在电影银幕上,而我们早就不知不觉地远离了曾经的自己,爱情、友情渐渐变得面目全非。这么说来不免有些难过,我不想承认一切都变了样,可又能实实在在地感受到所谓的物是人非。最让我感到难过的是,在所有的物是人非里,变化最多的是我自己。

我们这些看着《哆啦A梦》《数码宝贝》《灌篮高手》成长起来的孩子,都会期待着自己有个百宝袋,有个数码兽,能在球场上力挽狂澜,都曾经想象着有一只竹蜻蜓和一扇任意门,都曾经为了喜欢的女生像樱木一样默默做着那些让她开心的事情。

只是这些想法,都停留在了青春里,我们跟那时的我们,早已分道扬镳,转头看不见过去的影子。

曾经的我自以为是地生活着,自以为自己跟谁都不一样,再长大了一些又觉得过去的自己很傻,后来又发现其实执着也不是一件坏事。于是在所有的岔路口,我都选择向前走从不转弯。我总是对自己说,去做自己想做的事情，爱想爱的人，要相信自己的直觉，要相信眼前的那个人，我以为我会在一次次的错误中成长，没想到最后变得只笃信时间。

你在青春爱过谁，谁在青春爱过你。是不是你也觉得自己装得天衣无缝，那些暧昧和情绪没人能够看出来？是不是你也会在听到她名字的时候心里暗自激动？是不是你也假装若无其事走过她身边的时候希望她能看你一眼？

你在青春陪过谁，谁在青春陪过你。我也曾经想回到那些日子，有着那些做不完的作业，跟死党一起抱怨学校的伙食，一起参加运动会，一起上课下课，一起哭和闹，就算过得有多累、多么循规蹈矩，也觉得一切都充满希望。

终于有一天，你发现，微博上面你有几百几千个粉丝，人人网上你有几百几千个好友，电话簿里存着几百个朋友的号码，可是不知道打给谁。在失眠的夜里，在看到美景的清晨，你不知道跟谁分享自己的难过抑或喜悦。

越长大越孤单，似乎是每一代人都不得不面对的课题。

我们小时候如此讨厌大人，却又和他们一样，一代又一代人，在时间的洪流里不停向前，逐渐把以前的我们丢下，就像《秒速五厘米》里的那句台词那样，曾经如此真切的情感，最后竟然彻彻底底地消失了。

你明知道这部3D《泰坦尼克号》的电影剧情没有一点变化，所谓的3D技术你也根本不感兴趣，那些经典对白早就烂熟于心，你想看到的，无非是当初让你感动的感情和那些无比珍贵的记忆。即使你知道它是商家的二次利用,你也心甘情愿地为它埋单。

人就是这样,拥有的时候不知道珍惜,失去之后追悔莫及。我们一再地追忆旧时光,为一部部系列电影买单,为一次次的错过和分开难过,却从没想过我们挥霍的今天,正在变成以后再也回不去的旧时光。

承认吧,尽管你无比怀念那时的雨天、那时的教室,但那样的时光,过去了就是过去了,那些空气安静得像溪水,阳光洒在窗檐上的时光已经过去了。爱情还会再来,但主角不会再是青春里的那个了。

我们喜欢一种口味喜欢了几年也该换了,年少时无比喜欢的歌手也已经不再唱歌了,以前回到家就会打开的电视机已经太久没有打开了。我们每天都在告别,今天发生的种种,也不过是未来的一张旧照片而已,现在你想要铭记一辈子的东西,也许不久以后你就遗忘了。就像你疯狂喜欢的歌,总有一天你再也不听。

散落在回忆里的曾经爱过的人们哪,你们现在在哪里?是不是偶尔也会想起曾经一起度过的日子?走失在天涯散落四方的怀念和回忆,一直埋在心底,是不是偶尔也会怀念一起疯狂的午后?回忆里的爱情呢;你还在等吗?你还在等待回忆里的人吗?

那么你爱过的人呢,会忘记吗?那些旧时光呢?旧时光是个美人,可是又

你要去相信,
没有到不了的明天

能怎么样呢？它不过是一次次地出来打击你现在的生活是多么地不如意。

是啊，现在的生活是多么地不如意，可这不就是我们在那些旧时光里最憧憬的年纪吗？10岁刚出头的你，最憧憬的不就是20岁的时光吗，最想到达的年龄不就是现在吗？那么，现在的这个你到底在感叹些什么呢？

为什么我们要一而再再而三地回忆旧时光呢？生命的美好再也无法复制，即便是15年后上映的同一部电影。想过去想得太多，就真的容易活在过去了。如果你一直用过去的回忆安慰现在的自己，那以后你又该怎么面对更不如意的生活呢？如果你20岁的时候还想要15岁一样的生活，那等你到了40岁的时候，该用什么填补自己的生活呢？

停下你的追忆吧，停下你的后悔不迭吧。那些黄昏，那些傍晚，那些青春，那些雨天，该回想起来的时候，该出现的时候，它们就会自己从脑海里冒出来；那些爱过的人、错过的人、离开的友谊，它们会留在心里的某一个角落，偶尔你回想起来，它们会让你觉得自己与这个世界在以不同的旋律运转着。

诚然，那些修成正果的人，也会回忆起旧时光。但他们与我们的不同在于，他们回忆起从前的时候是微笑而又从容的，哪怕旧时光再美好，哪怕旧时光再珍贵。而正是因为旧时光的珍贵，他们才更加努力地走下去，把握现在的珍贵。

让今天过得比昨天更有意义，这才是昨天存在的价值。

我们为什么要有回忆？我们为什么要去回忆？是想要在孤身一人的时候回忆起旧时光对现在痛恨不已，自怨自艾悔不当初，还是要回忆起那些珍贵的东西，提醒你当初的自己和当初的梦想，把回忆变成勇气勇敢地走下去？

把回忆变成一种力量，才是回忆存在的价值。

我们为什么会有旧时光？是因为我们有着现在的时光。

我们有着现在的时光，是因为我们要更好地生活下去。

请好好守护曾经坚定的信念、曾经感动的感情、曾经灿烂的梦想，不要随便把这些丢下，否则在未来的夜里，你会因为把这些都留在了回忆里而难过不已。

永远要在现在努力。如果你不把今天过得比昨天更有意义，那明天的到来又有什么用呢？

BGM ♪ Kraffa *Ther*

要等到走完那段路，
回头看时才会觉得两边的风景跟刚来时有些不同。
那些觉得过不去的，
也许只是因为我们太倔强不愿意改变，
也许只是因为我们习惯了那些不该习惯的习惯，
可是那些伤总会慢慢地愈合，
总有一天这些都会过去。

而你已经错过了末班车。
你以为你怎么也回不了家了，
可你能回家的。
你能回家的。

未来的某一天，
你突然发现，
曾经让你痛彻心扉的那些，
已经不能伤害你分毫

人生有多残酷,你就该有多坚强。现在让你难过的事情,许久过后回过头来看都会觉得那不算事,你之所以会把痛苦看得那么重,是因为你经历得不够多。觉得难过的时候,不妨告诉自己,现在正是你蜕变的契机。

——17 岁

17 岁,是所有小说里描绘的最美好的年龄,只是这时的你觉得书本里的那些都是在扯淡。你除了面临升学的压力,还得面对很多无可奈何,朋友之间莫名其妙的吵架,小团体之间或多或少的猜疑,还有,你喜欢的女生总是不正眼瞧你一下。

虽然日子总是安排得满满当当,每天早上六点就要起床,但晚上你还是守着手机跟朋友聊天聊到很晚。你尝试着发短信给你喜欢的那个女生,没想到她居然回了。天哪,你形容不出自己有多高兴,斟酌再三又给她发了一条短信。

只是五分钟没有得到回应,你就开始坐立不安,你给自己找"她一定是在忙没有看到"之类的借口来安慰自己。慢慢地,又五分钟过去了,你觉得这五分钟简直跟一节物理课一样漫长。于是你把手机设置成了静音,为的就是想要下次假装不经意看到她回的短信。设置完你就后悔了,你发现你根本没有办法把手机放在一边不去看它,你像一个强迫症病人,过十秒钟就打开手机看一眼。

你终于等到了她的回信,虽然她的回答是那么简单,但是你如释重负,心都好似飘了起来。

第二天你早早起床,打开手机回味了一下,觉得今天一定是个好日子。没想到好巧不巧,你居然在学校门口遇到了她。她笑着跟你打招呼,你有点局促地笑笑,笨拙得不知道说些什么,你心里暗自想:我就知道今天一定是个好日子。然后因为这次相遇,你开心了一整天。

接下来的日子,一向赖床的你,居然每次都能提前醒过来,你妈妈啧啧称奇,不知道你的"闹钟"就是她。每次进校门的时候,你都会东张西望期待你们的"偶遇",她出现时,你又立刻回头假装不经意。

——19岁

高考完的夏天,你考得很好,她却考砸了,哭得很伤心,你不知道为什么也哭了。你想,你们可能会去不同的城市,之后见面就很难了。高考失利的难过,最终随着夏天的过去淡化了。你突然发现,你要面对的远不只是高考成绩,还有各奔东西。

谢师宴上,老师们都喝得酩酊大醉,你才发现平日里看起来严肃讨厌的老师们,居然是那么可爱。语文老师喝多了,居然还说了一句:"在座的男生们,有喜欢的女生的话,就赶快表白吧,晚了就没有机会了。"天知道你听到语文老师的这句话时,是多么想冲到她面前对她说"我喜欢你"。

在她的散伙饭上,在你死党的鼓动下,你终于对她说了一句"我喜欢你"。她突然哭了,就在你不知所措的时候,她说:"为什么不早说,我也喜欢你呀。"

你们的第一次牵手、第一次看电影、第一次约会、第一次亲吻,你都记得清清楚楚。只是那个夏天冒出来的那么多情侣,像夏季离别前特有的产物,保质期只有一个夏天那么长。

录取通知书到的那天,你才知道,原来你和她还能去同一个城市。那时候你想,这一定是老天给你的缘分,你们是天造地设的一对,你想你永远不会放开她的手。

那个夏天,你跟小伙伴们喝醉了好多次,一起抱头痛哭,说着曾经在一起的岁月,说着将来要实现的梦想。你说你要去很多地方旅行,死党拍拍你的头,说以后你每到一个新地方,一定要第一个打电话告诉他。

当然,还是在那个夏天,你们计划好要去的很多地方,最后因为时间关系只去了几个。那时你想,没关系,以后有的是时间和机会,没想到,直到现在,你也没能去成那些你想去的地方。不过这个夏天里,你倒是做了很多以前没做的事情:去看了艾薇儿、周杰伦的演唱会,然后度过了整个戴

你要去相信,
没有到不了的明天

着耳机追赶自由的夏天。

——21 岁

你的大学也度过大半了,你跟她的感情跌跌撞撞走了整整两年。

你和她的大学在城市的两个角落。但一个小时的车程,你一点也不觉得远,她也有着同样的想法。你们有时间就会见面,有时是她来你的学校,有时是你去她那儿,但你们从没有觉得累,从未觉得这样的距离是个严肃的问题。

你们每天还会打一小时的电话,有聊不完的事,有说不完的话,事无巨细都想分享。你的 QQ、人人网密码她都知道,你也觉得没有什么好隐藏的。她有个私密的相册记录了你们的点点滴滴,密码是你们两个的交往纪念日。

你认识的哥们儿都知道你有这个女朋友,她的闺密也同样知道,大家都说你们是模范情侣,大学两年之后当时的高中情侣就只剩你们俩了。你们相视一笑,觉得无比甜蜜。虽然你们两个已经在一起很久,却还像是刚在一起一样每天都有新鲜感。

那时的你觉得你们一定不会分手,那时的她觉得你是她的最后一任男友。你跟你的死党也还保持着联系,每次寒暑假回去,还能一起打个篮球一起胡吃海塞,你觉得你们的关系完全没有因为大学两年的生活而变得疏远。

——22岁

你告别了大三,开始迎接新一轮的生活。

夏天的感觉依旧没有变,可你们之间的感觉开始变了。那天你照例送她到宿舍楼下,你对她说"我爱你,晚安"。她愣了一下,说"晚安,我也爱你"。

你回到宿舍之后,突然觉得你对她说"我爱你"的时候,竟然没有一丝心动的感觉了。你们打电话的时间也越来越短,说不到半小时就开始沉默,无话可说,匆匆忙忙挂了电话。其实你也没有忙什么,挂了电话照样发呆而已,她也是,可你们就是不知道应该说什么,最后只能是一句"宝贝我爱你",然后挂了电话。

你突然觉得可怕,为什么"我爱你"这句话,现在变成了你们聊天无话可说时的结束语了。你们的每天一个电话,越来越像例行公事。以前"我爱你"说几遍都觉得不够,就像有着说不完的爱,现在巴不得没话题说的时候,说一句"我爱你",挂断电话。
当你挂完电话觉得如释重负时,你突然发觉时间改变了你和她,也改变了你们。
明明在电话另一边的就是那个人,可你就是能感觉到有一些不一样了,争吵越来越少,感动也越来越少,只是分开又像缺了些什么。

你要去相信，
没有到不了的明天

你一次次地回想起你们之前在一起的日子，说不清是从什么时候起开始变的。现在的所有矛盾，都被你用回忆化解，你告诉自己，这只是你们恋爱的一个瓶颈期，过阵子就好了。

她依旧会定时去你们的相册上传照片，照片里的两个人看起来依旧甜蜜。某一天你重新打开这个相册，一张张照片往前翻阅，独自愣了很久。

然后你再也没有打开这个相册，密码一直没变，只是你不想再看了。就算打开了这个相册，你要找的那些东西也已经不在了。

——23岁

突然就迎来了毕业。觉得毕业还遥遥无期的你没能准备好，就不得不迎来你学生时代的最后一个夏天了。

这一年，你经历了更多东西，也许是因为快要步入社会，你总觉得心里空空落落的没有底。也许也因为太多朋友反目，太多恋人分开，身边这样那样的例子让你触目惊心。

你在校门口见到了她，那一瞬间你觉得你回到了你们刚刚相遇的那一天，一切都没有变。就在你发呆的时候，她拍拍你的肩，问你在想什么呢。你这才发觉时光在你们身上留下的痕迹，虽然谁也看不见，但还是能感觉出多少有一些不一样了，改变了的就是改变了。

你早就不是当年的愣头青，用尽力气借着酒劲才敢表白；她也不再那么青涩，她变得更漂亮了，更加懂事了，可是你越发看不清她的眼神。其实她又何尝不是这样呢？她还是会乘一个多小时的公交车来找你，可心里的期待变得越来越少。前阵子你的生日，她居然没能一下子想起来，等看到手机上显示的你的生日提醒，才发觉自己忘了。

后来，她想起来曾经有一天你说："其实我们这几年走过来，爱不爱已经不是那么重要了。"她不知道为什么把当时你半开玩笑的话记得那么清楚，她明知道在当时的语境里你要表达的不是这个意思，可她就是止不住地反复回想着这句话。

终于你还是对她说："不如，我们分开一阵子吧。"她看着你说："嗯，这样也好。"于是你们在学校拍下了最后一张合影，讽刺的是，照片中的你们一如既往地恩爱和甜蜜。

那天你回宿舍之后，还是忍不住哭了。哭过之后，你不知道哭的是你们的感情，还是那个已经远去的自己。
你才明白，原来两个人分开，并不一定都是因为争吵。
还是在这一年，许久没有联系的死党突然联系你，他说他现在正在机场，马上要赶往日本了。你笑着敷衍他说很好啊。挂上电话你怅然若失，最后站在你最想去的地方的那个人，不是你。

——24 岁

虽然只过去了一年，你却觉得自己的成长从没有这么迅速过。

突然就沉淀下来了，对于那个离开你的人再也没有爱意或者恨意。

好像不会谈恋爱了，生活平静却也不会觉得无聊，生活每天这么重复单一地进行着，却也能学会一个人安静地生活了。你不再是那个觉得孤单是可耻的人了，反而觉得孤单也挺好的。虽然很忙不能去很多地方，倒也觉得自在。

你还是会很迷茫，可是不那么烦躁了。一个人的生活习惯了感觉也很好，孤单有时落寞有时，可更多的是自由。也还是会想要一个依靠，可是总会对自己说没关系，努力过好每一天就好了。偶尔还是会想起曾经陪伴你的那个她，但也不再那么执着地想要知道她最近的生活。承认了失去，也就能把那些爱过的人放在心底，回头再看看的时候，没想到自己已经能一笑了之。

两个人，能遇见不容易。分开了，也应该心存感激。

爸妈在这一年毫无例外地催你去恋爱，你对他们说再等等，再等等。

——25 岁

25 岁这一年，你在常去的咖啡馆偶遇前女友，你发现她变得更加动人、更加成熟，但已经不再是你喜欢的那个她了。

你终于见到了她现在的男友，原来对方并不是很起眼。你看到她现在过得挺好，心里也没有泛起丝毫波澜，反而替她高兴。你终于明白原来一直以来你太把自己当回事，其实你离开了，她也能过得很好。

总是在懵懵懂懂的时候遇见一个人，然后为了她，"犯贱"很多年。时间过去了，回头看看，其实只是你固执地在爱她。

她笑着看看你，问起你怎么开始喝咖啡了，以前不是从来不喝咖啡的吗。你对她说，这么久也该换换口味了，现在觉得咖啡挺适合自己的。她看着你笑出声来，你也看着她笑着。她介绍完现在的男朋友，转身走出了咖啡厅，你们都没有想到要问对方的联系方式。

终于这一年你在职场上得心应手，你成了你想成为的那种人，坐在办公室里的你居然忘记了出汗的感觉。

你们的青春就这样被生活给湮没了，只是偶尔在夜深人静的时候，你还能想起和室友在寝室里互相斗嘴、叫室友帮你点名帮你带饭、经常逃课黑白颠倒、浪费着爸妈的钱喊着钱不够用的那些日子。你也还能清晰地想起对她表白的那个夏天，你觉得那时候的你真傻，可是又傻得很值得。

然后你突然笑出声来，那个戴着耳机追赶自由的年代居然这么像一个幻觉。

你要去相信，
没有到不了的明天

终于你发现，那个敢爱敢恨的你就这么死在那个夏天里了。可似乎也就这样了，没有什么可惜的，也许成长的最终结果就是沉淀，最终变为平静。就像是陈信宏歌里唱的那句："青春是手牵手坐上了永不回头的火车，总有一天我们都老了，不会遗憾就 OK 了。"

正是一路上失去的太多，才会更加珍惜现在的所得。正是因为经历了这些，走过了这样的一段青春，才能真正成长、成熟，不再不安，不再患得患失，变成一个更好的人。

也许终有一天我们都会发现，我们怀念的，不过是当初的自己。那些回忆起来觉得无比美好的，在当时经历的时候一样是痛苦的，只是回忆起来，我们都把那些美化了。

有些人遇见然后告别，就是你们相遇的全部意义。也许她只留给了你一个侧影，也许她陪伴你度过了一个青春，就是因为有了这些，回忆起来才会有温暖自己前进的动力。

也许很久以后你再遇到她的时候，会对她说："谢谢你，陪我走过一段很美好的时光。"

"虽然我们没能一起走到最后，但这样也挺好。"

BGM　James Blunt　*You Are Beautiful*

在那些没有结局的故事里，
好像都少了一个很认真的告别，
少了一句郑重其事的"再见"。
要想把回忆放在一个恰当的位置并不难，
难的是缺少一个认真的告别。

只是缺少一个
认真的告别

你要去相信,
没有到不了的明天

一.

小时候是对着电风扇张大嘴"啊——"听颤音,小时候是转伞看雨点从伞边滑落,小时候是放学途中跟小伙伴们把石块当足球踢。

小时候是家里旁边的小巷子,小时候是家人坐在庭院里吃西瓜,小时候是《数码宝贝》《灌篮高手》和《哆啦A梦》,小时候是爸妈骗你说你是垃圾桶里捡来的让你难过不已。

小时候是天亮了起床,从家里出发,泛着大雾的城市还没有苏醒,伙伴们在路口等我,从不迟到。还没近视的我边走路边看着昨晚买来的漫画书,伙伴们在一旁说着昨晚看的动画。不一会儿,书包里的书本让我觉得肩膀酸痛,好在校门就在不远处。

上课不会觉得很无聊,虽然数字和英语让我感到无趣,但除了为数不多的作业以外,也没有其他负担。下课时死党最爱扮演武侠电视剧里的大侠,我只好做被惩奸除恶的角色。而我最喜欢收集水浒卡,一百单八将当时能倒背如流,只是现在都不记得了。

放学回家的小巷子总是暖色调的,夕阳把影子拉得老长。我们总在这里驻足，玩得满头大汗，书包上布满灰尘，才意犹未尽地回家。那时，我觉得，友情是一条看不到头的边际线，可以延伸到到不了的尽头。

二.

大了一些起得更早了，天不亮就起床，看着最后一点月光在黎明散去，背上沉得多的书包，骑上自行车赶去学校。路过常去的小店，经过一个十字路口，一转弯就到了学校。把车停好，揉揉被风吹得有点冰冷的双手，急匆匆地上楼赶去教室，没想到还是被班主任先行一步。

早读下课后趴在桌子上小睡一会儿，醒过来发现阳光已经透进了教室，洒在我的座位上。早上的阳光很温柔，好像一伸手就能握紧它。

下雨的时候，其实特别安静。听着雨点一点点打在玻璃上，下课后我们走到阳台上，谁也不说话。城市只有雨点的声音，伴随着下雨特有的味道，让你觉得这个城市像换了一个模样。冬天的雨，比起夏天来更加柔和，它没有那么剧烈，不会打扰你，可也让人觉得更孤独。

那时候近视了，上课总要眯着眼睛才能看清楚老师写的字。同桌总是善意地提醒我黑板上写的是什么，坐在前面的人却总是阻挡我们的视线。白炽灯偶尔会一闪一闪，伴随着灯泡即将退休前特有的声音。下过雨之后的外面，总能传来一阵阵微风。有风的时候，总能听到书被风吹起的声音，一阵又一阵。

你要去相信,
没有到不了的明天

经过不算漫长的走廊,转弯再转弯,就能到她的班级。她也在等我,我总是假装忘记带《语文》书去问她借,只是每次从她手里接过书的时候,我常常不知道说什么。那时候不知道什么叫喜欢,但每次看到她的时候,会觉得这是我一天里最开心的事情。

三.

再大一些的时候,起得更早了。即使是夏天,天空也只是刚从睡梦中醒来,朦胧得好像我刚睁开双眼一样。奶奶每天早起为我做饭,妈妈则不停催促我怕我迟到。上课变得无聊又漫长,物理老师写着复杂的公式,英语老师纠正着我们的发音,而我推了推眼镜掐着自己的胳膊,以免在课上睡着。

下课的时候,大多坐在座位上准备下节课,或者抓紧时间写作业。很少有人会去外面的走廊里,即使今天的阳光是金黄色的。午饭的时候,得拼命抢在低年级同学的前面,吵闹拥挤。下雨的时候,依旧适合安静,窗外的蝉此刻也不见了踪影,空气不再是静止的,让我觉得很熟悉。城市依旧有它特有的下雨的声音,和下雨后泥土的味道。

只是夏天的雨,来得快去得也快。太阳从云层里透进窗户,我只好撕了几张报纸贴在窗户上来阻挡阳光。于是我心满意足地继续投入紧凑的课业中,直到手写酸了,才停下来甩甩手休息一下。

课桌里塞满了书和试卷,再也没有地方放漫画,伙伴们聊天的内容变成了讨论一道道化学习题。黑板的另一边贴着倒计时,我们都知道时间不多了。班上的情侣们下课的时候也不再悄悄聚在一起,晚上总跟我发短信煲电话粥的人也约定这个月不再联系。很快,我们都要面对那即将到来的庞然大物。

四.

小时候的玩伴,在这个夏天给我来信。原来他也搬了一次家,原来他去了城市另一边的高中,还有他跟他最喜欢的女生分开了。只是那时总没有时间回信,等到有一天我想起来要回信的时候,信已经不见了,也许它跟桌底那些泛黄的照片一样,被我丢了吧。

放假的时候,我特地去问她借书。骑着自行车从南到北,到她家楼下的时候已经气喘吁吁。她问我为什么毕业了还要借这本书,我不讲理地说就是想要借,以后有空了就还你。她双手把书递给我,那一瞬间准备好的台词突然消失得无影无踪,我依旧是那个笨拙的我。夏天结束后,我们开始新一轮的三年生活,慢慢地联系少了,终于,我们失去联系。

我们应付完了6月的那个庞然大物,7月的一天我很早就到了学校,死党们更早,他们在等我。

7月的学校很安静,偶尔能看到一些跟我们一样回来看看的学生。我们有着大把的时间,可以把学校好好逛个遍。那时,操场是那时候常见的暖色调,奇怪的是上学的三年却没能发现这些。我们回以前的教室,按照上课时候的位置坐下,坐在最前面的小胖说,他终于可以在想回头的时候就能回头了。

蝉声越来越响,原来大把大把的时间,突然变得所剩无几。天渐渐黑下去,我们也各自回家了。那是我第一次觉得,友情不是看不到头的边际线,它只是漫长的跑道,终有一天它会到头的。

五．

这个世界上有很多事是难以说清的,比如天空的颜色和大海的温度,比如夏夜晚风里面刻着的那种感觉,或者是喜欢上突然出现的某个人,然后不知不觉地丢了某个人,比如一个人穿过几座城市去看一场演唱会,陪着台上的五个人一起淋雨,比如恍然间出现的一些情绪和思念。

错过的一些东西总觉得它们并不是真正地错过了,忘记的那些东西也会觉得它们并不是那样就消失了,它们好像变成了音符融化在我的脑海里,在未来的某一个时间点,我们会突然想起来那些忘记的事情,那些音符和旋律终于合成了一首歌,然后终于笃定地对自己说,没错,就是因为那些事情,自己才变成了现在的自己。

每个人都会有回忆,也有遗憾。在那些没有结局的故事里,似乎总少了一个煞有介事的告别。或许还会想着"如果当初……",如果当初我没有搬家,如果当初我勇敢一点,如果当初高考前能再努力一点,或许我不会跟小时候的玩伴失去联系,或许我会跟她肩并肩坐着分享人生。

Lu
Kevin

只是我想，没有经历那些"如果"也没关系。失去的未必真的失去了，得到的也未必永远都是你的。

我想要重新跟记忆里的那些错过的人很认真地告别，尽管我早就已经把你们从生活中弄丢了。

愿那些错过的人，经历了颠沛流离之后，还能再度相逢；
愿我们没能实现的梦想，在最无助难过的时候，开出最灿烂的花来。

愿那些没能珍惜的青春和回忆，在经历了成长的阵痛之后，能在心底认真而又平静地告别。

是的，我们都不再青春了，连同我们的偶像都一起老了，但只要信念还在，那也不会怎么样，我们依旧可以前行。

BGM ♪ Angela Ammons *Always Getting Over You*

与其担心未来,不如现在就好好努力。
在这条路上,只有奋斗才能给你安全感。
不要轻易把梦想寄托在某个人身上,
也不要太在乎身旁的耳语,
因为未来是你自己的,
只有自己才能给自己最大的安全感。
别忘了答应自己要做的事情,
别忘了自己想去的地方。
不管那有多难,
有多远,
有多"不靠谱"。

不靠谱和很安稳

Lu
Kevin

一.

我有个朋友,他恋爱谈了七年还是分手了。那阵子他看起来跟个没事人一样,我们都以为他没那么在意,结果有一天他喝醉了,莫名其妙地哭了很久。第二天他醒过来,对我说了一句特文艺的话:"其实在这个世界上,没有一份感情不是千疮百孔的。"

行走世间,全是妖怪。

记得之前人人网上这篇日志很红,里面的内容我已忘记了大半,却对这句话记忆深刻。后来我在文里写,青春的另外一个名字叫作徒劳。这样的一种徒劳无功,在于你无论怎么过,是挥霍还是珍惜,等到以后你回想起来,都会觉得不够好。就像你很喜欢一个人,却明明知道你们不可能走到最后,最可怕的就是你明明知道这一点,却没办法改变它。

我曾经和我妈讨论过这个问题,她说明明不可能在一起还要谈恋爱,这样就是一种不靠谱。我说,没关系,现在我哪怕跌倒了也还能爬起来。

你要去相信，
没有到不了的明天

二.

然姐今天突然跟我聊起天来，她问我："你将来是会选择一个你喜欢的，还是一个喜欢你的？"我想了很久，始终不知道应该怎么回答她。我本以为按照我的个性，一定会说选择一个我喜欢的，再加上一句"我从不怕爱错，只怕没爱过"之类的文艺又矫情的话。

没想到，我踌躇了。

选择一个我喜欢的怕受伤，怕不靠谱；选择一个喜欢我的很安稳，却又怕自己不甘心。

她说年龄已经摆在那里了，拖不起了，还是选择一个喜欢自己的，也许会比较幸福一点。她说，以前对她来说，梦想比什么都重要，一心就想读研，现在却什么都不想了，只想早点回家，一点也不想累，不想做个女强人，想随便找份稳定的工作，嫁个稳定的老公，有个稳定的家庭，就这么算了。

三.

第一本书出版以后我就常常接到各方面的留言，问题不外乎怎么摆脱寂寞，怎么把握未来，怎么看待梦想，往往我都不知道怎么回答他们。直到元旦那天，凌晨四点了我还在赶稿子，合上电脑的我睡眼惺忪却突然明白了：那些喜欢你的总有一天会不喜欢你，那些你抓紧的总有一天会抓不住，那些你想实现的梦想也许根本实现不了，那些曾经以为无比重要的总有一天会变成不重要。

不过这些其实都没什么，很多年后，很多事情你都会忘记，最终在时间里模糊了细节。唯一能让你觉得真实和骄傲的那些，是你披荆斩棘昂首挺胸用心用力走过的人生。

我也许从来就摆脱不了所谓的寂寞，也看不清所谓的未来，也道不明为什么要这么努力去实现梦想，可是我依旧在做。好比如果在开始的时候就告诉你和她的结局，你会说没关系我知道啊，我还是爱她，还是会转身离去。只要是我，一定还会去喜欢她，仅此而已。

我宁愿让别人觉得我是变形金刚百毒不侵、面面俱到不知疲倦，我也不要让别人看到我难过疲倦、跌倒失落。我不喜欢去抱怨，因为我知道没人喜欢听抱怨。

四.

老妈至今还用玩笑的语气说我："你看看你，谈不靠谱的恋爱，写没人看的书，去没人知道的地方，真是不靠谱。"他们总觉得我现在这样太辛苦，每天日夜颠倒，想把我弄到家附近的单位工作。其实我不是没想过，回来离家又近又方便，而且挣钱也不会少，可我还是拒绝了。没错，也许写书是挺不靠谱的，但是我觉得没什么。写作就是写作的回报，画画就是画画的回报，唱歌就是唱歌的回报。如果人真的能做自己喜欢的事情，谁说这不是一种回报呢。

有时间我就每天花两个小时看书，没时间就睡前看二十分钟，周末的话可以看完整本书。做论题一遍做不好我就做两遍，文稿要求我写一万字我就写两万字然后删改。写出一篇好文是运气，如果一个人一直在写的话，那就是靠努力。更多时候，世界对你的态度取决于你对世界的态度，没什么好抱怨的。

其实这都没什么，我有个朋友每天晚上八点必须看一部电影，然后喝点红酒伪小清新，然后十一点准时睡觉。住在楼上的小伙子天天早上五点就起床跑步，而那个时候我往往还没睡。

我们都会找到属于自己的生活节奏，然后沉溺于其中无法自拔。

五.

我不知道是不是还有很多人面临像我这样的选择。其实大多数时候，不管我们选择不靠谱还是很安稳，我们都面临一个很重要的问题，这个问题归根结底就是三个字——安全感。

后来我才想明白，与其担心未来，不如现在好好努力。这条路上，只有奋

Lu
Kevin

斗才能给你安全感。不要轻易把梦想寄托在某个人身上，也不要太在乎身旁的耳语，因为未来是你自己的，只有你自己能给自己最大的安全感。别忘了答应自己要做的事情，别忘了自己想去的地方，不管那有多难，有多远，有多"不靠谱"。

当你犹豫的时候，这个世界就很大；当你勇敢地踏出第一步的时候，这个世界就很小。等到有一天你变成了你喜欢的自己的时候，谁还会质疑你的选择不靠谱呢？你已经变成更好的你了，一定会遇到更好的人的。你是谁，就会遇到谁。

重要的是，不管做怎样的选择，都要对得起自己的内心。就像上面写的一样：很多年后，当你再次回想起来，唯一能让你觉得真实和骄傲的那些，是你每一天都在往前走的认真，和你披荆斩棘昂首挺胸用心用力走过的人生。

BGM ♪ Coldplay *Yellow*

Time would heal almost all wounds.
   If your wounds have not been healed up, please wait for a short while.

Lu
Kevin

你要去相信，

没有到不了的明天

愿漂泊的人，
能早日
不再漂泊

"陪伴"在我生命里是一个很重要的词,
因为我们生来就是孤独的,
我们会经历一个又一个人,
却不知道谁能留在你的明天里。
其实我们都很清楚这一点,
所以我才很珍惜每一个愿意为我停下脚步的人,
很珍惜那个我可以说"嘿,
接下来的路,
一起走一段吧"的人。

愿有人
陪你颠沛流离

Lu
Kevin

一天晚上，我收到朋友的邮件，他问我怎样可以最快地摆脱寂寞。我想了想，不知道怎么回答他，因为我从来没有摆脱过寂寞。我只能去习惯它，就像习惯身体的一部分。

其实漂泊异地的人都挺不容易的，他跟我刚来澳洲的时候一样，朋友少，人生地不熟，每天学校——家，家——学校，两点一线。可是我知道这样回答他没有什么用，所以我说："我们已经走得太远，以至我们会忘记出发的原因。有时候我觉得生活糟糕得难以继续，却又不得不佩服人们的忍耐力。无论今天多么痛苦难熬，明天都会如约而至。所谓的信念就是，无论今天我多么彷徨迷茫，最终，我都要过上我想要的生活。"

前几天这里下了很大的雨，我一边宅在家里，一边烦恼着各式各样的论题，突然看到了朋友发来的信息，开始聊天。最开心的时候，还是对着许久不见的朋友吐槽聊天。即使很久没见，也不会感到一点生疏，只有这时候才觉得，距离也不是那么重要了。如果有人愿意在你一个人的时候，与你分享你们的快乐或者不幸的遭遇，那么即便现在你是一个人，即便你们相隔万里，你也能感觉到陪伴，就像在面对面地促膝谈心。

如果有人在你最难过、最美好、最容易被辜负的时光里陪你走过那么一段，陪伴在你的身旁，那么无论将来那个人变成了什么样子，他还是不是你最好的朋友，你都没有办法把这个人割舍下。即便最后分开甚至变成陌生人，也会对他心存感激。因为太多时候，交谈本身已是一种莫大的温暖和美好。

你知道梦想这种东西太过于冷暖自知，太多时候会觉得自己只是在钢索上孤单地前行着，所以才更加明白一句鼓励是多么重要，才更加明白那些愿意陪着你一起做梦的人是多么地难能可贵。

年轻的我们，总是被很多莫名其妙的情绪干扰着，莫名其妙的孤单和烦恼，同时也没那么容易安定下来，所以我们义无反顾地离开家，去追寻自己想要的生活。虽然这样会让自己觉得青春很痛苦、爱情总没结果，可这都是没有办法的事。谁脱下衣服没几条疤？谁的过去没几处伤痕？又有谁的青春是安定的？

有时候你需要真正的颠沛流离，才会让你觉出生活的不易和艰辛，这并不是让你自暴自弃，而是一种逐渐成长得到的心平气和。你需要被伤害、被拒绝，才能变得更坚强，更珍惜现在得到的一切。你需要去远方，只带上自己。更多时候，旅行的意义不在于你拍了多少照片，买了多少纪念品，去了哪些地方，而在于你经历了多少疯狂的瞬间，是不是看到了不一样的自己，是否找到了那个你能够分享喜悦和难过的人。

其实伤害也不见得是天大的坏事，重点在于你是不是能够在跌倒之后重新站起来。你是一个怎样的人，不在于你跌倒了多少次，而在于你站起来重新来过多少次。

生活没有那么多原因，也许几年后你回过头来看，才发现自己的改变来源于看似不经意的小事，等到那时候，其实梦想已经握在你手中了，实现不实现，它都在那里，因为你已经找到了最好的自己。就算这个世界真的是一个疯狂世界，就算最后我也只是一个一事无成的我，我也觉得没有什么大不了的。我知道自己努力过，更何况，我真的有感觉到，有这么多人跟我在一起为了各自的梦想努力着。

那天看《玛丽和马克思》，看到最后一段对白，毫无意外地被感动了："我原谅你是因为你不是完人，你并不是完美无瑕，而我也一样，人无完人，即便是那些在门外乱扔杂物的人。我年轻时想变成任何一个人，除了自己，伯纳德·哈斯豪夫医生说如果我在一个孤岛上，那么我就要适应一个人生活，只有椰子和我，他说我必须接受我自己，我的缺点和我的全部，我们无法选择自己的缺点，它们也是我们的一部分，而我们必须适应它们。然而我们能选择我们的朋友，我很高兴选择了你。每个人的人生就是一条很长的人行道，有的很整洁，而有的像我一样，有裂缝、香蕉皮和烟头，你的人行道跟我一样，但是没有我这么多的裂缝。有朝一日，希望你我的人行道会相交在一起，到时候我们可以分享一罐炼乳。你是我最好的朋友。你是我唯一的朋友。"

我把你们的每一句话都记在心里，把你们的每一次鼓励都放进相册里。我把你给我的曾经，往最深的永远延续。我把你们的话变成最动人的音符，

你要去相信,
没有到不了的明天

陪着我去旅行。生命也许是一场苦难,只是一起品尝苦难的人甜得让我心甘情愿地苦下去。我现在的痛苦、寂寞、难过都会过去的,迟早,所有的故事都会有个美好结局。

愿有人陪你一起颠沛流离,一起走到出头的那天,一起走到你一生那一次发光的那天。

BGM ♪ The Cranberries *Never Grow Old*

也许让很多人行走一辈子去寻找的，
不过是这样的一个人：
一个可以随时把他吵醒而不用担心他生气，
一个不管你做了什么，
犯了什么错，
在你伤心难过时，
即使不说话，
也能默默陪在你身边的人。

对于生命中每一个这样的他，
一千一万句感激。

不要让她忍了你很久，
心里一再给你机会，
你却始终无动于衷

你要去相信，
没有到不了的明天

某天你突然想起一个人，这个人曾让你对明天充满了期待，但完全没有出现在你的明天里。怕只怕那个人明明从你的生命里消失了，却把你和你们的回忆留了下来，剩下你一个人在无数个夜里问自己，为什么人可以这么残忍，明明都要走了，还要把回忆留下来？

很久以前你说："我非他不嫁。"很久以后你说："绕了一大圈，我发现也许适合我的另有其人。"慢慢地，你也不再那么执着地等待他了。

你们曾经是所有人眼中的模范情侣，你们的一切都刚刚好，下雨时他有伞，失眠时她陪伴。他在光棍节时坐火车十几个小时穿越几座城市来看你，你在情人节前熬几个通宵为他准备惊喜，你们一起牵手旅行，你们一起打印照片，你们一起养了只猫，你们一起布置新家，一起做了很多很多，可最终你们还是分开了。

刚开始的时候，你们一天好几个电话，他总是对你说他爱你，你总是说等年龄到了咱俩就领证去。后来慢慢地，他开始变忙，你开始不耐烦。你受不了他的不在意，总怕自己扯了他的后腿；他开始觉得你啰唆，觉得你想太多，他觉得你根本不相信他爱你。直到有一天你发现，"你爱他他也爱你"不再是你们之间最重要的筹码，甚至当爱情不是一个必需品的时候，他连敷衍都省略，你也觉得你累了。

你弄不懂事情为什么会变成这个样子，因为当你在看着他眼睛的时候，你可以很确定你看着的是谁；他不明白为什么感情最后落得一个悲剧收场，因为他在说爱你的时候是那么真心。

可恋爱是这世界上最简单也最困难的事。简单在于只要你们相爱，不管你们是谁，不管你们在哪里，不管你们的过去什么样，你们都可以立马开始，谱写属于你们两个人的回忆；困难在于两个人互相喜欢很容易，在一起却很难，感情一旦开始，便是价值观的碰撞，是两个世界的磨合，是你们从出生至今所有习惯的冲突。

他曾经抱着你对朋友说，这是我女朋友，我未来一定会娶她。目光笃定得像是将军面对千军万马。你曾经带着他见完你的所有闺密，在她们的挑剔中坚定地说，我认准他了，此生非他不嫁。你为了他拒绝所有人靠近，大幅缩小了自己的朋友圈；你为了他开始练习穿高跟鞋，即便你最喜欢的是运动鞋；他为了你不再出去鬼混，不再对着电脑游戏一玩就是半天；他为了你开始努力，想要给你一个属于你们的家。

可你们却开始争吵，为了一件件小事，甚至是为了两个月之前的鸡毛蒜皮。你想起以前你们在一起的时光，就像黑白默片一样一刻不停地播放。你对自己说那都是过去，可你就是停不下回忆。你看着眼前的人，明明还是一样的人，却怎么也没有一样的感觉了，就连你也说不出来是哪里变了。

他每次吵架后都觉得很后悔，他知道你需要呵护，他知道自己离不开你，

你要去相信，
没有到不了的明天

可他就是控制不了自己。他发誓再也不会伤害你了，可是这样的事情不受控制接二连三地不停发生。

他抱紧你，他发自内心地求你原谅，他以为你们还能回到以前，不，他确信，你一定会再给他机会，可最后你们还是分开了。我猜，你觉得再给多少次机会，你们都回不到从前了。
他从来没有想过常说没关系的你，这一次就说了对不起。
"没关系的，我原谅你你。"
"对不起，我想分开了。"

曾经的聊天记录有好几百页，却在一个下午一键删除；曾经的短信一直好好保存着，却在一个晚上全部清空。人们突然间爆发的情绪，总比我们自己想象的要更强烈。

有些东西，消失了就是消失了，即使大多数时候你根本说不清这东西是什么。感觉是玄学，但可以感受到。这个世界上，最怕的，是当你最需要爱的时候，你需要的那个人却不在。慢慢地，你觉得，少了他好像自己也能活下去。

在一起后女生总是希望被呵护，她们不会对你的好而感到厌烦，即使表面上会有些推托。她们仍然需要被爱的感觉，你和她在一起，不是只有你爱她就好，还需要陪伴和保持共同话题。不要因为她喜欢你就肆无忌惮，不要因为她依赖你就不去在乎她的感受。因为你不经意造成的伤害，总有一天会让你变成一个可有可无的人。

Lu Kevin

也许你要做的只是在她难过的时候站在她的身边借她一个肩膀，也许你要做的只是放下手里的活儿给她打一个电话，或者看着她的眼睛，哪怕什么也不说都可以。

最怕的就是她对你说她难过了，她对你说分手了，你却不去安慰她，你却不去抱抱她，而是转过头就走，等到她哭完了你才去挽回的时候，已经来不及了。女生对你说分手，并不是真的要分手，更多时候只是想要一种安慰和一种存在感。也许女生的心思我们一辈子也不可能完全明白，但是至少，她难过的时候一定要在她的身边。

不要让她忍你很久，心里一再给你机会，你却始终无动于衷。终于有一天，她淡淡地对你说："就这样吧。"然后你整个人都傻掉了，不能挽回的结局就是因为那些不可或缺的关心。

如果她喜欢的你总是觉得无所谓，如果她伤心的时候你总是不在身旁，如果她难过的时候你总是忙着自己的事情，那么慢慢地，你就变成了那个她有着感觉却还是不得不离开的人。

如果你身边有一个人能在你难过的时候陪着你，在你伤心的时候给你个肩膀，那么在放手之前，能抓多紧，就抓多紧。

BGM ♪ Eminem Love The Way You Lie

我们总有标准,很多很多标准。
可爱情到来时所有的标准都会消失不见,她变成了标准。
感情无法标准化,它难以控制,难以预测。

这个世界上一定有跑得赢时差、撑得过距离的爱情,
只要她相信,只要你坚持。
同样的,
这个世界上一定也有近在咫尺天天见面却最终分开的爱情。

你永远无法给一份感情下一个定义,
因为在你遇到那份感情之前,
你永远不会知道下一秒谁会出现在拐角,
谁又会离开你的身边。

你想要的爱情

一个女性朋友，高中时开始谈恋爱，为了这事没少被老师、家长找去谈话。大二快结束时，同学聚会，她说我们分手了，因为她的初恋男友出轨了，她觉得在这个问题上她永远都不能原谅他。我们在一旁称赞她的当机立断，都说这样对双方都好。她当即就说以后一定要找一个对她好的，老老实实的。

大三的时候，还真的出现了这么一个人，完全符合她当时列出的条条框框。他追了她好几个月，她还是很犹豫。在我们一帮朋友地劝说以及坚持不懈地怂恿下，她开始了这段感情。有一天，她随口说自己去逛街看中一件衣服，可是当时钱花完了就没买，他就立马拉着她去店里买了那件衣服。情人节的时候，他在她的寝室楼下用玫瑰花摆了个心形，羡煞旁人。还有很多这样的事情，说都说不完。

谁知道没过多久，他们就分手了，男生怎么挽回都挽回不来。我们都责备她为什么这么狠心。她说没办法，跟他在一起很开心，她也努力了，可就是没有谈恋爱的感觉。

我说，这不是你一直想要的爱情吗？他对你好，老老实实，从不拈花惹草，长得也符合你的要求，白白净净、高高瘦瘦的，你怎么又转念觉得这不是你想要的呢？她认真地想了一会儿，对我说："会不会我们想要的爱情，根本就没有固定的模样？"

另一个跟我同名也叫凯文的朋友，在悉尼，人也长得很帅气，性格也不错，换女朋友的速度却让我们瞠目结舌。我们问他有没有想过安定下来，他说怎么没想过，只是没遇到那么合适的，然后同我上一个朋友一样，罗列了几点他对女朋友的要求。

后来有一天，他跟我们说他又恋爱了，我们纷纷猜测对象会是谁，半响他才说那是他在网游里认识的。那时候他们都还没见过面，那个女生在北京，照片看起来也不是他条条框框列出的类型。当时我们就觉得他肯定又不是认真的，包括我在内的几个损友甚至开始打赌，他什么时候会放弃。

谁知没过几个月，他居然跑去北京看她了，还甜甜蜜蜜地上传了照片。如今他们这段恋爱谈了两年多，现在很稳定，双方父母也见过，男生年中就会回国，他们很快就能生活在一起了。

前不久他们两周年纪念日的时候，我们把他灌醉，问他怎么这次就这么铁了心地认定她了。他醉醺醺地说："因为我跟她在一起觉得很轻松，就像不需要努力，她就是我的，根本不会担心她离开。"

我突然意识到，为什么我们一定要为我们的爱情定下那么多条件？你想要的，未必是你需要的。每一件事情都是未知的，更何况爱情？

在你遇到那个人之前，你不会想到你会爱上那样的一个人，在你遇到那份感情之前，你也完全不会想到自己会拥抱这样的一份感情。只有等到你遇到之后，才发现自己之前的论调完全被推翻了。

再说说我最好的死党老唐，他是坚决的异地恋反对者，连在同一个城市不同学校的恋爱也不想去谈。因为这两所学校在城市的两端，双休日坐地铁要一个多小时的车程才能到。他怕那种艰辛，也怕激情在旅途中慢慢被磨灭，更害怕爱情有一天变成遗憾。

以前看到一句话，一万个灿烂美好的未来，抵不过一个温暖踏实的现在。你在电话里说的一万句"我爱你"，也抵不上在她宿舍楼下跟她见面五分钟。

最难的，不是异地，是异国。除了距离，还有时差。我们远渡重洋历经千山万水来到这里，这里的黄昏是国内的午后，国内的午夜是这里的凌晨，说大不大说小不小的时差，有时候却很折磨人。她刚忙完回到宿舍，你却已经躺在床上进入梦乡。

异地恋一张车票能解决的问题，异国恋只能用一年一到两张的机票解决。每当看到异地恋抱怨着一个月才能见一次，异国恋只能羡慕不已。

然而即便是老唐，也不得不承认，他也在隐隐期待有一个人能跟他谈一次异地恋，然后度过距离和时差的煎熬，最后走到一起。

你要去相信,
没有到不了的明天

如果是以前,我听到有关于"异地恋最后一定会分开"的言论,一定会很有同感地点头。现在我也许不会了,异地恋不等同于分手,也有可以坚持下去的。这个世界上一定有跑得赢时差、撑得过距离的爱情,只要她相信,只要你坚持。

同样的,这个世界上一定也有近在咫尺天天见面却最终分开的爱情。

你期待着王子骑士般的爱情,却又羡慕旁人平淡恬静的爱情。你想要《泰坦尼克号》炽热激烈的爱情,却又受不了那样的转瞬即逝。你想恋爱却又怕不自由,你想单身却又怕太孤单。

这世界上从没有一成不变的感情,热烈的爱情也许会归于平静,平静的爱情有一天也许也会热烈灿烂。这世上也没有完美的爱人,只有时间能让他逐渐变得完美,你们会不停地磨合,然后学会包容对方。当有一天你遇到一个看起来完美的人,也许你们并不适合彼此,而当有一天你遇到一个完全意料之外的人的时候,也许他才是你的真命天子。

永远记得,不要去评价别人的感情,因为你看起来艰难的,在他们看起来也许很简单,你看起来不般配的,他们觉得没什么。感情没有所谓的般配不般配,只有适合不适合。不是每个人都能遇到自己想要的那个人,但是每个人都会遇到一个适合自己的人。遇到那个人之后,一切复杂的条件都不再适用,一切喧闹的表面归于沉静,变得简单,变得无法用条件来限定。你无须处心积虑、无须机关算尽来抓紧他,他也不会离开你的身边。

爱情这东西，给它一点时间，它就会慢慢变成适合你们的模样。给它一点信任，你就能看到它开出绚烂的花来。别再期待爱情，别再畅想爱情，下一个擦肩而过，请给爱一点勇气，去遇见爱情。

你可以用全世界所有美好的不美好的词语去定义感情，可实际上一份感情从没有必要去定义。它那么狭小，却又那么宏大。我不笃信星座，是因为我相信，你要真爱一个人，管他什么星座，管他什么模样，管他什么年龄，管他什么性别。

BGM ♪ 蔡健雅 *Beautiful Love*

你最终一定会遇到那个让你觉得遇见他，
就是一件被祝福的事的人。
因为你等待着的那个人，
他同样也在经历着很多让人难过的事情并变得更好，
等待着能在最好的状态和最好的时间里遇到最好的你。
所以给自己也是给对方最好的礼物，
就是变得更好、
更强大、
更温柔。

先遇到
最好的自己，
再遇到
最好的他人

试想一下，当你饥肠辘辘地走进一家超市的时候，你有很大的可能会选择离你最近的货架上的食品，而不顾它的口味到底如何，相反的，当你在有充足的时间并且一点也不饿的情况下，你会做出远比之前好的选择。

当然还有另外一种可能，你会挑之前选择过的口味，尽管你知道这种口味根本就不适合你，但毕竟是以前尝试过的，也不至于太糟糕，至少在这个光怪陆离什么事情都要斟酌再三的时代里，不必落得一个食物中毒的悲惨下场。这就是前任。

——前任

EX，是每个恋爱超过两次的人必须面对的问题，在我们各种类型的困扰排行榜中都稳居前三。
当然稳居第一的永远是我们的脱发问题。
"你们分手了吗？"
"嗯……算是吧。"
"什么叫算是吧？"
"就是他现在对我……还是挺好的。"

朋友分手时，我们总能说出一堆大道理，类似"分手了就别留恋了""分手了就分得干干净净"的话想必我们也说了不少,但事情发生在自己身上时,往往就是另外一回事了。

你的前女友说有事要你帮忙,只要不是很麻烦的事,我想大多数人还是会去帮忙的。你的前男友给你发短信说今天突然想你,想请你吃个饭,然后你犹豫一下就赴约了,消磨时间,顺带说不定还滚了个床单。

我们最常犯的一大错误,就是分手后还留恋从前。

是的,现在你们的状态可能感觉更好,谁都不用负责任,他不辞辛苦到你家给你修个电器,你可以说只是朋友帮忙,而不用请他吃饭或者充满感激——本来这些事情他以前就经常做啊,现在让他帮忙也是情理之中的事嘛。

如果他是块干柴,那么你的出现正好变成了烈火。再加上因为分手,你们之间的相处更自在,甚至好感度远超之前在一起的时候。

那么问题来了!既然你们感觉这么好,当初为什么要分开?

因为大部分情况是,你们已经不再相爱了,你们现在感觉好也仅仅是因为你们不需要负责任。一旦干柴烈火之后,他又会消失一阵子。你们已经分开的自由度,才是你们感觉更好的原因。负责任?为什么?现在是普通朋友啊,朋友需要负什么责任?

更残酷的一点是,你们分手之后前度跟你联系不断,而又不提跟你复合,那么很可能是他对你已经没有好感了,但身边一时没有山珍,也没有海味,既然没有更好的,那么找前度也不错。毕竟是前度,已经足够了解,不用那么麻烦重新认识。

所以分手后的第一课,如果你已经确定你们再也回不到从前,那就不要再回想之前的日子了。虽然这很难,虽然这也很残忍,但这是你必须做的。

也许分手后的那份关心是真的,甚至你们之间还有千丝万缕的爱,但这也不代表什么了。他已经离开了,他已经决定把你们的回忆丢下了,不要再用你们的旧时光一再原谅他。毕竟所谓的旧情复燃,结局很可能只有一个,那就是重蹈覆辙。

——新欢

那么,对于失恋之后的痛苦能有什么好办法呢?

坦白地说,我没有任何好办法。难过是肯定的,怀念也无法避免,然而真正可怕的并不是失恋,而是无法面对那个人离开之后留下的空白。

所以有很多人选择找寻另一个人来填补这空白,只是结局大多是:这个人填补不了那个空白,或者他留下了更多的空白。你急忙寻找的新欢大部分变成了替代品,直至分手。

你有没有想过，我们一开始就是一个人，为什么有了那个人之后，再也无法忍受一个人的生活了呢？

因为我们有了依赖感，原本我们可以依赖自己，现在却习惯了他人。

不要指望所谓的爱情，要指望你自己。指望自己变得足够好，然后遇到一个足够好的人；指望你的个性，然后遇到一个能包容你的人。

前阵子《失恋33天》彻底火了一把，还有再之前的《单身男女》。无数的人都想要在失恋之后遇到一个王小贱，难过的时候能出现一个方启宏。可生活不是电影，生活艰难得多。你失恋难过伤心的时候只能是一个人，别人根本没办法安慰你，你也根本听不进去。

如果让我说，失恋之后难受就难受着，撑过去就好了，大概有很多人会说我残忍，可这确实是最好的办法。因为当你期望能出现一个王小贱的时候，你错失了让你成长的最好机会，你没能从上一段恋爱中学到任何东西，那么那段恋爱除了一再地被你祭奠，又有什么用呢？

有那么一部分人，你会发现他永远在恋爱，身边走了一个又一个，永远无法单身很长一段时间，却又控诉着自己的付出得不到好的结果。你无法指责他们不认真不付出，可又忍不住觉得奇怪：为什么他们的每一段感情都不能善终呢？
那么换个角度想一想，每次失恋之后，他是不是有所成长呢？

你失恋不是因为你不够好、不够高大、不够帅气，不是因为你不够温柔、不够体贴、不够漂亮，更不是因为你在这段恋情中做错了什么。很多情侣常常吵架又爱又恨可还是走到最后，很多情侣经常做错事惹对方生气可还是天长地久。

这样的一种关系，是你能在这段感情里尽可能地做自己，而不用担心你的明天会没有他。

然而这样的包容，不是那么容易就能学会的，那是在你勇于面对失恋带来的苦楚之后才能学会的。只有这样，你才能学会珍惜，学会包容，学会理解。尽管这世界上有超过70亿的人，可无论哪个统计学家用什么样的数学公式，都能计算出两个不相干的人相遇并且相爱的概率低得可怜，有一个人因为不爱你而离开你，从数学上来说反而是大概率事件。

习惯的人离开了，那就重新培养一种习惯。记忆里的人离开了，那就把他放在心里继续向前。这个世界上不存在能回得去的感情，即使真的回去了，多多少少也会有些改变。如果你们两个真的又在一起了，那也只是你们爱上现在的对方而已。

所以与其沉湎于回忆无法自拔，倒不如把这段回忆暂且放下。与其马上寻找一份新恋情，不如好好面对失恋后带来的空白，试着把感情放在不那么重要的位置。

你要去相信,
没有到不了的明天

爱情不是奢侈品,也不是必需品,它是你在人生经历中必须经历的一段。每个人都会遭遇,会得到或者失去,最后我们都会学会平静。

——重要的是你是谁

一个人永远不改变的话,她就会遇到相同的事情发生在她的身上,不管是生活还是爱情都一样。

我们常能看到一个女生或者男生在感情上重复犯着同样的错误,让人颇为无奈,最后都是悲剧收场。如果你常去夜店寻找,那么你遇到的对方十有八九是逢场作戏,尽管可能会遇到真爱;如果你常因为寂寞而跟别人谈恋爱,那么你遇到的对方八成也是因为寂寞跟你在一起,过阵子又分开;如果你只是因为想要找个人过日子,想有个人在意你,那么你遇到的对方大抵也是如此,你们的日子除了将就还是将就。

同样的,如果你不能接受自己的缺点,那么对方也很难接受你的缺点,因为你在他面前亦步亦趋,小心翼翼。如果你每次挂上电话之后都会担心没有明天,那么你们的感情很可能没有明天,因为你们都没有十足的安全感。当你在怀疑你们的感情是不是有裂痕的时候,你们的感情很可能已经出现了裂痕,而这样的裂痕来源于你们自己。

唯有你接受自己的全部包括那些见不得人的缺点之后,你才会遇到一个你愿意把全部都展现在他面前,而他依旧能够喜欢你,能接受你的人;唯有

Lu
Kevin

你在成为自己想拥有的人之后,你才会遇到一个像你的人。

失恋的意义在于成长,在于不让你一而再再而三地重蹈覆辙。成长远比匆匆投入另一个人的怀抱有意义,才不会让你的感情一次次地不得善终。

我们所谓的人生,不过就是取决于我们能遇到什么样的人;我们能遇见什么样的人,不过就是取决于我们是什么样的人。

在遇到下一个喜欢你的人之前,保持一段理智的单身,在对的时间遇到对的人,是一种幸运。这种幸运最需要耐心等待,给未来的那个他最好的礼物,就是变得更好、更温柔、更幸福。

在遇到下一个喜欢你的人之前,先好好喜欢自己,变成最好的自己之后,再遇到最好的那个人。觉得难过的时候,不要去想时间可以倒流之类的话,闭上你的眼睛,聆听你的内心,过去的就让它过去吧。

BGM ♪ Maroon 5 *She Will Be Loved*

喜欢是细节，是感觉，是天时地利人和的第一眼。
可人群中的第一眼，在某个时刻已经不足以让我们停下脚步。
人们行色匆匆，世界车水马龙，
窗外春风吹过夜晚，时间没有为谁停下不走。
于是我们开始需要理由，
需要理由停留，需要理由争取，每件事都要有足够的理由。

可如果事事都有一个强烈的动机，那人生也未免太无趣。
有些事情，就是毫无缘由的。
没有理由，哪来的理由。

没有理由，
哪来的理由

一.

有人说，人一长大，喜欢上一个人的第一反应是害怕。因为你一路披荆斩棘地走过来浑身是伤，已经提不起勇气再走下一段路。

其实说起来，都是怕受伤。

随着成长，我们都变得越来越小心翼翼，我们在身边筑起看不见的高墙，不轻易让人靠近。我们身边也经常上演这样那样的故事让我们失去勇气，总是有人说："你们不要在一起，你会受伤的。""谈恋爱，你可得想好。""你还相信爱情啊？我这几年的异地恋，这几年的坚持，最后不还是分手了。"

成长的另一个副作用，就是无论见到谁和谁分开，都不会觉得太奇怪。

我也已经很久没有听到，两个人结婚的原因是他们互相很喜欢对方。我们在成长之后，彼此的时间都已经固定，也有了固定的交际圈。我知道可以跟谁开玩笑而不必担心他认真，我知道难过的时候可以找谁而不必担心她厌烦，爱情反而变成了极大的冒险。所以，我们变得越来越难以去爱上一个人，然后一再地错过。

你要去相信，
没有到不了的明天

我们曾经太容易伤害别人，也会轻易地被伤害，因为物质，因为压力，因为还没有成熟；而后我们又为了让自己不被伤害，把自己藏起来，不表露情绪。这个速食年代，又有多少人愿意把爱情交给时间、交给明天、交给等待呢？于是渐渐地，真爱变成了最大的叛逆。

二.

好朋友曾经问我，爱情的美好是什么。我说，爱情的美好在于它能把两个看似不相干的人，变成一个为了共同未来的存在。我们原本都是各自生活的怪人，总有些事不被别人所理解，而爱情就是找到那个互相理解的人。

他想了想说，这样的人真的存在吗？
我认真回答，不知道，但不管我们承认不承认，我们内心总是隐隐期待这样一个人的。
他又问，那为什么我们遇不到？
我放下吃烤串的手，擦擦嘴说，大概是因为我们没勇气吧？

其实我们失去的，不是别的，正是勇气。我们不是没勇气给对方机会，而是没勇气给自己机会。爱不敢用力爱，恨不敢用力恨，错过了又觉得可惜，接受了又怕受伤，畏首畏尾，还没有得到便已经失去。

然而这世界上你最难抗拒的东西，便是很多人都不再相信的东西——爱情。无论你是否层层防备拒人于千里之外，无论你是否已经下定决心不再

Lu
Kevin

接受，无论你是闪闪发光的一个人还是平凡众生中的一员，当爱情袭来的时候，你都无法抗拒它。

你知道，有时候你越是隐藏对一个人的感觉，你陷得越深。
所以成长后的爱情到来时，我们矛盾，我们纠结，我们不知所措。本应该听从内心，却不得不害怕。
或许我们并不是不相信爱情了。
说着不相信爱情的人，其实内心还在隐隐期待，只不过都觉得爱情没那么容易找到自己。

三.

我们或许没有那种好运气，在最开始的时候就能遇到那个对的人。
歌里唱：挥别错的才能和对的相逢。其实你认可这句话，只是不知道到底要挥别多少个错的，遇到多少个不对的，才能遇到那个对的，适合自己的人。
但如果当你遇到这么一个人，他让你觉得生活不再那么沉闷，他轻易地走进了你的内心，他把你的生活轨迹一下全改变。他愿意在你难过的时候安静地陪在你身边，在你开心的时候分享你的喜悦真诚地为你鼓掌，而你会为了他难过、担心，你觉得遇到他是一件很幸运的事，他也会因为你开心而开心，那么请再给你们一次机会，也给自己一次机会。

你知道，人生本来就是一场看不到头的颠沛流离，但因为你遇到了那个人，就觉得时光反复，也没有那么漫长。

因为害怕结束所以害怕开始，那么难道又要这样擦肩而过吗？谁说初恋一定要是第一个人？你穿越茫茫人海遇到他，绝不是为了就这样擦肩而过，你们的相遇不是用来错过的。我们无法决定对方之前遇到了什么人，经历了一份怎样的感情，但是我们可以决定现在牵起对方的手。
当你爱上一个人的时候，是找不到具体的理由的。
当你遇到这个人的时候，你会知道他是对的人的。
对的人就是能够互相理解的人。

四．

我常说感情和梦想都是过于冷暖自知的东西，因为这两种东西无论你怎么解释，都无法让别人感同身受。

然而感情这东西跟梦想不同，梦想只要你还有勇气，还有决心，就可以从头再来一次。感情却稍纵即逝，没了就是没了，像烟火绚烂而又短暂，更多时候即使你还爱着那个人，甚至说你们还相爱着，但错过了时机没办法在一起。所以在拥有的时候，一定要拼命珍惜。

珍惜你们在一起的时光，哪怕知道将来有一天会分开；珍惜你们共同的梦想，哪怕梦想遥远到照不进你们的生活里。你无法拥有对方的过去，但是你拥有对方的现在。延长感情保质期的最好方法，永远是共同拥有。

时机这事说不清，早一步晚一步都不行，相遇本就是这世上莫大的美好。

趁她还爱你，牵她的手去看她想看的风景，陪伴她去看她想看的电影。尽可能地去理解她，无法理解的就尝试了解，陪她去看太阳升起，也陪她看细水长流。

趁你们还相爱，制造一些明亮的回忆，那些到老了回忆起来嘴角都会上扬的回忆。一年有三百六十五天，五十二万五千六百分钟。你不踏出第一步，就永远不会知道下一秒有怎样的美好等着你们。每天的二十四小时，你不知道你会跟谁擦肩而过。所以又何必为每件事情找一个原因呢？你喜欢她、她喜欢你，就足够了。

五．

忘掉那些长篇大论吧，忘掉那些爱情专家和星座指南吧，忘掉那些顾虑吧。有时候你不想陷入一份感情，却拼命地去爱了；有时候你喜欢的明明不是那一型的，可是你无可救药地爱上她了；有时候你也不知道为什么你们相遇时间那么短，她却占据了你整个生活。

是的，要过很久我们才不会去纠结原因。情不知所起，愿赌服输。
或许感情就是一个愿赌服输的事情。为了她，你愿意赌，你愿赌服输，所以你也不怕未来有一天真的会失去，你更应该害怕的是错过，是擦肩而过，是没开始就已经失去了。

你要去相信,
没有到不了的明天

要记得,你们的相遇不是用来错过的。不要总觉得或许不在一起也挺好,要想想如果在一起,你们的生活会有多好。在拥有前不要想着失去,在拥有时就拼命珍惜,释怀是失去后才要去学会的事。

用《怦然心动》里的那句话做结尾:"有些人浅薄,有些人金玉其外败絮其中。但是总有一天,你会遇到一个绚丽的人,她会让你觉得之前遇到的人都是浮云。"

BGM ♪ Kimberley 《爱你》

我希望你能从容面对命运的节点，
笑着看待离别，对陪伴过你的人都能心存感激；
我希望你能经受住所有的物是人非，然后依旧故我，
从而找到那些真正珍贵的东西。
那些东西，是需要你用心去看、用心去寻找的。

我希望你坚信自己的梦想，
只因为梦想是这世界上最珍贵的东西。
只要你愿意做梦，
就会有太阳升起照亮你梦想的那天。

如果离别无法避免，
那最好的办法就是
让自己变得更强大，
能够从容地面对离别

你要去相信,
没有到不了的明天

一. 考试加油!

6月是一个承担太多太多的时节,毕业季,分手季,无数大学生各奔东西,步入社会摸爬滚打,而坐在教室里的你们也迎来了自己人生中极其重要的一刻——高考。

坐在闷热的教室里,空气沉默得可怕,有时暴雨又来得很突然,明明还是下午,天空却昏暗得跟晚上没有什么两样。而这些都与你没有太大关系,因为你正在把自己奉献给做不完的习题、背不完的单词、认不全的古文,还有不明所以的数学公式。听着老师在黑板上写板书的声音,你抬起头极力地想要认清黑板上的字,身前是已经堆成小山的课本和复印讲义,想着考完试以后一定要去没人的大街上狂奔,在马路上躺成"大"字形,把书和习题簿都撕掉,还要在高考完对那个人说出一句藏了许久的"我喜欢你"。

可是高考结束的那个暑假,我想做的事情大多没有做成。书和笔记被我妈好好地放了起来,虽然我知道以后我再也不会去翻开它们。我也始终没有对我喜欢的人说出那句"我喜欢你",在同学录上,她很认真地写着:谢谢有你这个朋友,我会想念你。

Lu
Kevin

直到有一天同学录被我弄丢，网上聊天的次数也越来越少，我才发现有些东西已经不见了。

有些事情，总要回忆起来才能渐渐变清晰。终于我明白，原来比起考试来，有很多东西重要得多，比如一起走过的高三时光，陪你一起疯一起梦的人，以及那个努力而又沉寂的我自己。就好像我怀念的也许不是高考，而是那些充满希望的日子。现在的我再也不会跟同桌为一道题争论得面红耳赤，更不用担心坐在教室的角落里偷偷发短信被老师发现了。

那时候会那么害怕考试，大概是因为我讨厌那个面对考试而焦虑和自卑的自己。不过回过头来想，其实当时我做得还不错，只是经历的时候，我把考试想得过于可怕了。

然而这种充满竞争和压力的考试制度，是我们现阶段所拥有的相对最公平的制度。不管你之前的人生如何，是被公认的坏学生还是老师眼中的好孩子，你都可以通过这样的考试，进入你想去的大学。

现在还是经常会想，如果我当时多考了一分或者少考了一分，我现在应该会在完全不同的地方吧。我大概就不会是现在的我了，我也不会遇到一路上遇到的那么多人。所以，高考就是大多数另一段人生的起点。

虽然想起来是那么阴错阳差，可这是实实在在的高考的魅力。

所以与其担心你即将面对的考试，倒不如安下心来好好努力。为了你接下来的日子，为了你的未来、你的明天，在这一次，为自己好好地努力疯狂一把，为自己打开下一段命运的起点。

你考试那天的天气会怎么样？会不会一如既往地下雨呢？我只是想要暗自为你们祈祷着那天不要太热。不管你之前的成绩怎么样，不管你在别人的眼里是好是坏，不管你现在是不是在书桌前背着你最头疼的物理，你都要记得有人在这里对你说："不能怕。"

前两天在看《龙樱》，里面的一句话送给你们："回想起那些被人当笨蛋的日子，然后在考试中把它彻底地粉碎掉。"

有些东西你要相信它才会存在，你要相信自己，要相信奇迹，不必感伤不必害怕，因为你就是那个奇迹。只有相信奇迹的人，奇迹才会选择你。

你要坚信自己是块金子，一定会发光的，走过了那些最难熬的日子，经历了高考的你，会在未来遇到最好的自己。

Hey，趁现在，去告诉那个对你很重要的，那个即将高考的，那个说好要跟你一起去某个城市的人，告诉她，不能怕，不管结局怎么样，至少我们都努力过。不管未来去哪里，至少我们现在在一起。

加油！我等你的好消息:）

二. 毕业不万岁！

当初的同学在哪里呢？在应酬？在睡觉？在微博？还是再也联系不到？而你呢，是不是经过了太漫长的等待，想象中的日子依旧没有到来，于是你开始怀疑，是不是自己一开始的决定就错了？

这个世界充满太多无奈、太多不确定，猛然回头才发现，我们已经偏离跑道，一路跑偏。

生活越来越像黑色幽默，不让你懂的时候你偏想懂，等到你懂的时候却又想什么都不懂；你应该享受没长大的时光的时候你拼命地想长大，等到长大了又恨不得制造时光机器回到过去。

那些计划始终没有实现，你说你在最后一年一定要好好学习，可还是把时间献给了游戏和发呆；你说要好好地谈次恋爱，可还是轻易地开始轻易地结束；你走在奔三的路上，却还总觉得毕业遥遥无期，结果时间狠狠给了你一耳光。

时间这东西，为什么能流逝得这么快，让多少人措手不及？

各种恋情，时间过了，淡了，相爱的人也就要散了。毕业那天一起失恋，其实你心里比谁都清楚，各奔前程就代表着分手。终于走到了这时间的尽头，结局终究还是逃不过分开。曾经一起逃离去的海边，曾经一起走过的林荫小道,曾经在黑夜中牵起彼此的手,曾经在小巷里的拥吻,曾经一起淋雨的那个夜晚,曾经的一次次争吵然后一次次原谅,都变成了再也回不去的回忆。

你和她有着怎样轰轰烈烈的曾经,在这个时候都无所谓了。

你和她,在校门口拍下最后一张合照,然后忍着眼泪跟她轻轻说了一句"再见",也许就是永别了。然后有一天听到五月天的《突然好想你》,想起她,想起曾经,想知道她过得好不好,鼓起勇气翻出了她的号码,却始终按不下通话键。

原来,错过了就是错过了,想起了就想起吧,仅此而已。到最后,我们不过是把回忆放在心的角落里,然后被现实的琐屑给压住。

舍友小伙伴帮你占座,帮你逃课,上课的时候悄悄发短信给你说下课前要点名,让你赶快回来。宿舍里一起打牌一起抽烟,或者就是一起去网吧包夜,一起看美女,一起吃饭,一起喝酒。接触的时间长了,所有的人都不像刚认识时的一本正经,你知道这是因为你们变成了很好的朋友。他能看到你的每一面,开心难过,干净邋遢,偶尔借着夜色,你们还会聊起未来,说起你要跟你爱的姑娘游遍世界,他要带着他的理想去北京闯荡。

只是说完了一阵沉默,因为你知道将来你们很有可能不会在一个城市。

终于还是到了分别的时候,不管你是四年的友情还是三年的友情,都面临分崩离析。你要去南京,他要去北京。在最后一次饭桌上,尽是不舍,喝得醉醺醺拉着死党的手说"王八蛋,将来结婚你一定要来当伴郎"。第二天一早,你忍着头痛送兄弟去车站,挥手告别时其实你比谁都难过,可是告诉自己一定要忍住眼泪。在回家的车上,手机一次次地响起,看到兄弟发来的一条条短信,终于还是忍不住哭出声来。太久没有哭了,要哭就哭个够吧。

然后有些人,总是会慢慢地淡出你的世界,慢慢地走进你的记忆角落里。

再见,记忆里那个我爱过的姑娘,再见,记忆里那个真诚而又二×的少年。

很多人宁愿找些陌生人或者不熟悉的人聊天,也不愿意和以前的好朋友聊天。虽然彼此曾经很熟悉,但是现在多了一层隔阂。偶尔见面,只剩下一个简单的"最近好吗?""嗯,还好,就那样",然后就没有下文了。你害怕的是,有一天你引以为傲的友情变得陌生,所以宁可不联系,至少回忆里还能保持以前的模样。

尽管我们会在同学录上写下"友谊不会离开"之类的话,可若干年后,翻开同学录,似乎都想不起来写这些的人是个什么模样。能够坚持联系并且不变得陌生的,那就是你的人生知己,但这样的人,往往少得可怜。

你要去相信，
没有到不了的明天

毕业不万岁！现在回想起来，当时憧憬着的毕业简直面目可憎，可是生活依旧在继续，它不会在乎你是谁，更不会在乎你的心情。

后来我想，如果活着不多不少，幸福刚好够用的话，那么在将来还有很多幸福等着我吧。

虽然随着毕业，我们的人生或多或少都发生了改变。也许我们都开始变得很忙，无暇顾及；也许我们偶尔记起，却苦于失去了联系。那么在想起曾经的好友和岁月的时候，还能嘴角上扬微笑就好。

哪怕我们的未来看起来暗淡无光，哪怕我们的未来看起来没有交集，至少我们一同拥有温暖的过去。如果经历了这些，我们还能是无话不说的好朋友，那么我想，只要有一个这样的人，就不会让我觉得遗憾了。

我希望我们的友情可以永远不变，十年二十年回忆起来，依旧能共同分享说不出的美好。只愿很久以后回想起这些日子的时候，身边站着你们，我的好朋友，还能如往常打屁聊天。

希望我们都不辜负那段时光和岁月。

送首《干杯》给你们：

会不会有一天时间真的能倒退

Lu
Kevin

退回你的我的回不去的悠悠的岁月
也许会有一天世界真的有终点
也要和你举起回忆酿的甜
和你再干一杯

如果说要我选出代表青春那个画面
浮现了那滴眼泪那片蓝天那年毕业
那一张边哭边笑还要拥抱是你的脸
想起来可爱可怜可歌可泣可是多怀念
怀念总是突然怀念不谈条件
当回忆冲破考卷冲出岁月在我眼前
我和你流着汗水喝着汽水在操场边
说好了无论如何一起走到未来的世界
现在就是那个未来那个世界
为什么你的身边我的身边不是同一边
友情曾像挪亚方舟坚强誓言
只是我望着海面等着永远模糊了视线
会不会有一天时间真的能倒退
退回你的我的回不去的悠悠的岁月
也许会有一天世界真的有终点
也要和你举起回忆酿的甜
和你再干一杯

你要去相信,
没有到不了的明天

这些年买了四轮买了手表买了单眼
却发现追不到的停不了的还是那些
人生是只有认命只能宿命只好宿醉
只剩下高的笑点低的哭点却没成熟点
成熟就是幻想幻灭一场磨炼
为什么只有梦想越磨越小小到不见
有时候好想流泪好想流泪却没眼泪
期待会你会不会他会不会开个同学会
他在等你你在等我我在等谁
又是谁孩子没睡电话没电心情没准备
天空不断黑了又亮亮了又黑
那光阴沧海桑田远走高飞再没力气追
会不会有一天时间真的能倒退
退回你的我的回不去的悠悠的岁月
也许会有一天世界真的有终点
也要和你举起回忆酿的甜
和你再干一杯

会不会有一天时间真的能倒退
退回你的我的回不去的悠悠的岁月
也许会有一天世界真的有终点
也要和你举起回忆酿的甜
和你再干一杯

Lu
Kevin

终究会有一天我们都变成昨天

是你陪我走过一生一回匆匆的人间

有一天就是今天今天就是有一天

说出一直没说对你的感谢

和你再干一杯

再干一杯永远喝了就能万岁岁岁和年年

时间都停了他们都回来了

怀念的人啊等你的来到

时间都停了他们都回来了

怀念的人啊等你的来到

BGM ♪ 张震岳 《我会想念你》

生活不是电影,
生活更艰难,
你的生活不会只遇到那么几个人,
也不可能那么容易分辨出他是龙套还是主角,
更不可能轻易抽身而退。
所以当你喜欢上一个人的时候,
不妨勇敢地告诉他。
但是当他一再表明你们不能在一起的时候,
就不要再勉强了。
在你的世界里找一个对手戏演员,
远比自己演一出独角戏更有意义。

最不能勉强的,
莫过于感情

4月的时候，我发了一段话，大意是说：青春一定要浪费在美好的事物上，体重一定要浪费在美味的食物上，爱情一定要浪费在你爱的人身上。

今天我收到一条私信，有人问我："我跟那个人已经不可能在一起了，但是我又不甘心放弃他，我想要对他好，然后让他有一天发现，我才是最好的那个人。这样是不是就是你说的爱情一定要浪费在你爱的人身上？"我回复她说："你表白了吗？他说什么？"

她半晌才回了一句说："他说他不喜欢我，我们是不可能的。"

恰巧我身边就有类似的例子，一个姑娘很喜欢我的一个哥们儿，可是我哥们儿怎么也喜欢不上她。她是一个特别冷感的人，对我哥们儿却是出奇地好，不管是送早餐，还是每天说晚安，还是其他一些"俗套"的事情，只要她认为能够感动他的事情，她就一定会做。直到前不久，她找到我说，她要把自己想说的话全部写下来，然后折成心形送给他。

我当时对她说，最好不要这样做。她一脸疑惑地看着我，她觉得我这么一个爱情存在论者一定会支持她。我对她说："我相信爱情，但我更清楚不是每段感情都能被定义成爱情。没有回应的爱情，那不是爱情，只是单方面的付出。所谓的爱情，一定是双方面的，它不一定平等，但一定会有回应。我主张勇敢地去追寻，去相信，但我不支持单方面的感情。"

的确，能遇到一个让自己动心的人不容易，错过了实在太可惜。但你既然已经跟他表明你的心意了，他也很明确地告诉你不可能了，一次两次，那也就够了。你既然都勇敢地告诉他了，也就没有什么可惜不可惜的了。

如果你从一开始就抱着我们不一定要在一起的心态，默默地付出，那么这样的暗恋的确很美好。如果你一定要弄得惊天动地轰轰烈烈，让全世界都知道你爱他，非逼着他一次次地做决定，这样只会变得越来越糟。

然而她还是这么做了，义无反顾。

结局并不意外，她失败了，又一次。在很多朋友都鼓励她继续努力的时候，我却觉得这样下去已经失去爱情本来的意义。

姑娘，你表白失败了一次，失败了两次，那你们其实已经没有希望了。无论他是怎么说的，没有感觉就是没有感觉。我们行走江湖这么多年，谁没喜欢过几个不可能在一起的人？谁没被几个不喜欢的人喜欢过？然而无论是喜欢一个没结果的人，还是被一个不喜欢的人喜欢，都会是一种困扰。

别人给你的你不要，就不要再收了；你给的别人不肯收，就不要再给了。何必给彼此负担。

故事的男主角有一天对我说，没有感觉就是没有感觉，如果我稍微心软一下，那么她一定就会更加坚持，结果一而再再而三地受伤害，还不如让她觉得我铁石心肠，然后忘了我，找到下一个人。

我并不是想为我哥们儿开脱一些什么，我只是想说："这个世界上，最不能勉强的，莫过于感情。"

当你付出太多的时候，你就无法自拔了。你割舍不下的，已经不是你喜欢的那个人，而是那个默默付出的自己。当你惊叹于自己的付出的时候，你爱上的人，其实只是现在的自己。到最后，在这场独角戏里，感动的人，只有你自己。

所谓的真心实意、义无反顾、坚持不懈，所谓的毫无保留的关心，只有用在对的人身上才能体现价值，否则，它一无是处，还会令人厌恶；只有用在对的人身上，才能是一种喜欢、一种坚持、一种感觉，否则，只是徒增困扰。

我知道有很多人也像我朋友那样付出着，不撞南墙绝不回头。这很好，这是青春里的必修课。重要的是，你必须学会有一天自己走掉，不再回头看，不再留恋，不再因为这些停下自己成长的脚步。

希望大家在为了那个人付出的时候，千万不要太勉强，更不要失去自尊，这样会让双方都很累，甚至徒生厌恶。全世界只有一个你，对自己好一点。如果他不曾把你当作全世界，至少你自己要对得起你自己。

你要去相信,
没有到不了的明天

不管再怎么爱一个人,都要守得住自己的底线。不要做任何人的备胎,要做就做方向盘。

最后想要对我的那个朋友说,不要再这么一而再再而三地伤害着自己,无论你做什么,在他的眼里都跟无理取闹没什么两样。你前两天来找我哭诉的时候,控诉着他为什么那么铁石心肠。其实我想告诉你,就算你的心被划了一刀又一刀,我们也都无能为力。更何况他给你的这一刀,总好过往后每天的冷漠。我想,你也被一个你不喜欢的人喜欢过、表白过,那你就会明白那种拒绝的心情,你也会明白只有拒绝才是最好的回应。

你一个人在你的世界里爱得轰轰烈烈,然而这在别人眼里什么都不是,如果你觉得再怎么被伤害、被折磨,你也无所谓,你也照样觉得这样的付出很美好,那么没关系,请继续,但是你已经因为他难过得要死要活了,就洒脱点,放下对方,也放过自己。

当你坚持下去只感觉到痛苦的时候,就学会自己走掉。毕竟,你活了二十几年,何必为了一个没结果的人委曲求全、糟践自己,对吧?

BGM ♪ 陈奕迅 《K 歌之王》

有些人你从心底根本就不想失去她,可她偏偏注定跟你渐行渐远,
交集越来越少,即使你们每天见面,
即使你们之间发过五千条短信,
你们之间的距离也缩小不了一厘米。
有些人相隔万里在不同经度都不会有时差,
有些人却注定跟你不在一个频率里。

亲爱的朋友,
愿你能成为自己的依靠,
然后找到跟你相同频率的那个人。

有些人看起来
毫不在乎你,
其实你不知道
他忍住了多少次
想要联系你的冲动

你要去相信，
没有到不了的明天

有一天凌晨跟没睡的几个好友在群里聊天，不知怎么的就聊到了 EX 的话题。群里平时一直话很多属于活跃气氛的男生突然不说话了，等我们快聊完这个话题的时候，他来了一句："我昨天晚上还梦到她了，她穿的还是我送给她的蓝裙子，她对我说她想要再抱抱我，然后我就醒了。没想到，这么久了我还是会做这样的梦。"
"那你们分手多久了？"

"三年。"

后来有一次机缘巧合，我跟他一起去北京。他对我说，为了那个女生，他去了二十个城市，收集各个地方的明信片，就是因为她曾经对他说过一句她将来想去那些地方，想收集明信片。然而这件事情，他至今没有让那个女生知道。

今天在微博上看到一个故事，分手以后，男生一直悄悄关注着女生的微博，直到有一天那个女生转了一条求中奖的微博。男生就偷偷联系卖家，用原价把那个东西买下来，然后让卖家以中奖的形式 @ 她。同样的，这件事他永远不会让她知道。

记得我之前写《回忆里的人是不能去见的，去见了，回忆就没了。人都是会变的，爱情也好，友情也罢》的时候，也曾为了要不要去联系那个人纠结了许久。然而跌跌撞撞之后，我发现了有关这个世界的一个真理，那就是：也许很多事情是可以挽回的，比如金钱，比如昨天落下的单词，但是不能挽回的事情更多，比如时光，比如你们彼此之间的感觉。

巧的是，我跟她都喜欢五月天，都最喜欢那首《温柔》，都最喜欢那句："没有关系，你的世界就让你拥有，不打扰是我的温柔。"她还跟我说，如果有一天我们分开了，就一定要听这首歌，然后约好不打扰对方。当时半开玩笑的两个人，一定没想到，有一天这句话变成了现实。那时总是说分手后祝对方幸福是最蠢的事情的男青年，一定没想到当事情发生在自己身上的时候，自己也不聪明。

千万句想要对她说的话，不过最后变成一句："不打扰，是我的温柔。"

你知道，不是每个故事都有结局，或者说故事的结局根本不像你想象的那样。大多数时候原本看起来天造地设的两个人，突然就宣布分手，最后连句"再见"也没有。再或者明明互相喜欢，却又猜不透对方的心思，最后还是没能在一起，直至错过彼此变成陌生人。

你在草稿箱里存满了要对她说的话，可是到头来一句也没告诉她。有时候你也想问，怎么就变成现在这个样子了呢？说走就走的旅行可能还在，说爱就爱的冲动却再也没了。什么时候开始变得害怕付出，害怕受伤，害怕先动心的先伤心，先认真的先认命，先说我爱你的先不被爱？

你要去相信，
没有到不了的明天

在你不知道的情况下，有人已经在心里爱过你不止十次了。

那天在北京，他跟我说，他到现在还是会下意识地拨她的电话号码，天知道为什么自己就是忘不了这十一个数字。可他最后还是忍住了，他不想去打扰她，不想因为自己打扰她的生活，也拒绝从任何人的口中听到任何有关于她的消息。

那一年，你假装经过她身旁，只是为了偷偷看她一眼，还害怕被她发现；那一年，你跟她聊天总是聊到半夜，听到她难受你就哄她开心，看到她开心你就跟着开心。直到有一天，她对你说她喜欢上另一个男生的时候，你愣了愣说，那很好啊，喜欢就去在一起吧。

那一年，你为了他的生日愣是几天几夜没睡好，在寒风中瑟瑟发抖只为了送他礼物，等到他出现在你面前的时候，又什么都说不出口了；那一年，你跟他最后还是分手了，你明明舍不得、明明很难受，可是你知道再这么下去已经没有结果了，只好装作洒脱、装作决绝。

我突然觉得那些看起来决绝果断的人，其实在把对方放入黑名单的时候，一定也是哭过难受过才能下定决心的吧；那些分手后还会默默关注对方却又不会让对方知道的人，是有多么不舍得曾经的感情，却又不得不放弃；那些自始至终都没让对方知道自己喜欢他的人，也曾有那么一瞬间鼓起过勇气，最后还是输给了等待。

你们会分开或者是没能在一起，不是因为你不好、不可爱、不够聪明，也不是你做错了什么，只是因为时机不对；只是因为你们的相遇，是为了跟对方告别而已；只是因为你们都是这样一个别扭的人，别扭到永远不会先开口，别扭到可以硬是忍着不去联系他，别扭到永远不让自己看起来先喜欢上他，别扭到明明比谁都喜欢他，却认为只有不去打扰他才是给他最好的祝福。

宁可自己憋得内伤严重，也要假装不在乎；宁可假装遗忘不难没关系，也不会让对方知道其实你从没放下；宁可在他消失的时候比谁都着急满世界找他，也要在他出现的时候假装不经意。

我常听有人说，如果那个人爱你，他就会来找你。其实她们不知道，有时候就是因为他爱你，因为他知道你不会喜欢他，所以他不会找你，他不想打扰你，他不想给你增加困扰，他希望你过得更好，即使是在没有他的情况下。

有些人对你说了好几次"我爱你"，也不一定是真的；有些人看起来毫不在乎你，其实你不知道他忍了多少次想要联系你的冲动。

BGM ♪ 五月天 《干杯》

Time would heal almost all wounds.
 If your wounds have not been healed up, please wait for a short while.

Lu
Kevin

你要去相信

没有到不了的明天

愿你找到
你的太阳，
愿你的太阳
找到你

当你觉得孤单的时候，
要相信，
这个世界上还有很多人只是想和你说说话。
有人和你一样在世界的某个角落里用力向前走着，
即使前路漫漫也没想要放弃。
时间一天天过去，
我们终会因自己的努力变得或丰富或苍白。

活到 26 岁，然后死掉

罗曼·罗兰说:"有些人 20 岁就死了,等到 80 岁才被埋葬。"
村上春树的《寻羊冒险记》里,有一个小女孩儿说:"活到 26 岁,然后死掉。"

活到 26 岁,然后死掉。
我又想起以前看到的那句话:
"我知道这个宇宙中有颗星球,
那里的人只能活到 20 岁。"
我花了很大心思去想,那个星球到底是哪个星球。
到后来我才突然明白,那个星球就是地球。
我想他们要表达的,大致都是一个意思。活到 26 岁,然后死掉,并不是真的要死掉。而是在 26 岁之后,我们不再为了自己活,我们需要彻底抛弃以往的生活方式,戴上社会所需要的面具,被这个世界完美地驯服,再也找不到以前的自己。
至于到底是 20 岁还是 26 岁,并不需要较真,这是每个人给自己画的一条界限,一条区别于青春和成年的界限。
是的,这条界限,并不一定是 18 岁。

终有一天我们会每天规律又麻木地上下班,挤着永远不准时的公交和人山人海的地铁,早起只是为了打卡,下班也只想赶快回家。我们在这个速食的社会里,变成一个不痛不痒的人。不再为了恋情疯狂,也不再为了友谊

你要去相信，
没有到不了的明天

感动。我们把以前的情感踢入一个叫作"无病呻吟"的垃圾桶里，称之为矫情。
很多人在跟你说起这些情感时，你总是说，都多大了，还想着这些。
却忘记了在你变成现在的自己之前，也曾经为了这些而热泪盈眶过。

时间消灭了梦想，生活埋葬了热血。
有一天我们发现自己活到了一个尴尬的年纪，我们长到了儿时羡慕的年纪，却没有成为儿时羡慕的人。或者说那时没有发觉，长大之后要面临这么多的困扰。

我们还没有准备好，就已经被扔进了现实这条黑暗隧道里。
生活是不会打烊的摩天轮，承载着每个人的喜怒哀乐，人们看着一望无际的风景，却哪里都不能去。当原则不再适用，剩下的只有惊愕错乱，你听着歌开始怀疑：这个世界上，有所谓"真正的快乐"吗？

尽管如此，尽管先前说了这么多悲观的事情，但我还是想说：也许那个界限，那个"26 岁"的到来是不可避免的，但是我们可以改变它到来的时间。
有人活到了 80 岁，依旧像 20 岁那样活着。

世界很大，我们很小，但是我们可以决定，天空的蓝色是纯净的希望，地平线的金黄是日出的曙光。
因为我们年轻。

因为青春也许是我们唯一有机会靠近梦想的时光。

生活中总是有很多闪闪发亮的人,他们变成了一种信仰的存在。他们用自己强大的力量,改变着世界,改变着我们。可是我们中的大多数人永远都不知道,他们用了多大代价,才换来了这样一个闪耀的人生。

仔细看看身边的人,有很多人放弃希望,也被希望放弃,但也有很多人一直坚定地向梦想走着。
年轻的我们,围绕着纠结寂寞,年轻的心是不会安定下来的,所以我们义无反顾地离开了家,所以我们义无反顾地向梦想迈进。
即使我们被现实一再打击,我们也没有放弃,我们还是一次又一次地找到了自己的信仰。

没有人逼你每天背单词背到头痛背到天亮。
没有人逼你为了递一张申请表跑东跑西。
没有人逼你离开家乡去一个陌生的地方。
可是,你还是义无反顾地这么做了。

因为我们不甘心,我们想要自己的生活多姿多彩。
因为我们的故乡,放不下我们的梦想,我们想要了解更大的世界。
因为我们的心里,始终放着我们的梦想,始终不想放弃。
因为我们年轻,我们想要拥有更多。

你要去相信,
没有到不了的明天

生活没有那么多原因。
三五年后,我们才发现,自己的改变其实来源于几年前看似不经意的小事。

等到那时候,你才发现你苦苦追寻的梦想,其实早就在你手中了。
等到那时候,就算我们真的被这个世界完美地驯养了,又能怎样呢?
回忆留了下来,勇气留了下来。
生活中很多东西都在变,但是总有那些一成不变的美好留了下来。
而这些美好,才是我们生命中真正重要的东西,也是让你依旧热泪盈眶的原因。

所以我们应该做的,就是尽力去抓住这种美好。

在那个所谓的"26岁"之前,让我去疯狂,让我去幼稚,让我去执着,让我去放肆,让我去倔强,让我去相信自己的梦想,让我用自己所有的勇气做我自己。
然后告诉这个世界,对不起,那个界限可能要很久以后才能到来。

当我们把约定做成一种决定,那么时间就不再可怕。在被生活驯养之前,我们要做的,就是努力坚持。是的,努力坚持自己想要的东西。
我要说的,不是让你永远不长大,而是随着成长找到自己内心真正热爱的东西,学会照顾别人感受的同时,依旧向着前方奋力前行。

仔细看看身边的人,找到那个一起跟你做梦的人,找到那个还在努力坚持

Lu
Kevin

的人。
如果有这么一个人，告诉他，不要怕，你永远不会是一个人。

我们是这个世界的一部分。
是这个丰富多彩的世界的一部分。
而这个世界上，总会有那么一部分人，在努力着。
那，这丰富多彩的一部分里，为什么不能有你呢？

留住你最美的时候，留住你的年少轻狂，直到"26 岁"到来的时候。
其实这个世界并不像你想象的那么坏。
至少我们现在一起同行。
总有一天我们会把这个世界变温柔的。
就够了。

BGM ♪ 五月天 《你不是真正的快乐》

每个人都开始屈服于自己的欲望。
明明他在几年以后能有更好的生活，却一定要在现在买最新的包。
每个人都开始想要达到一定的社会地位和物质条件，
似乎结果才是最重要的。
然而，你有没有想过，你所谓的所有努力，
是为了满足你的欲望，还是真的追求上进？

最可怕的是，你要考研，你比谁起得都早，
你要赶论文，你比谁睡得都晚，
可是在那之后，你再也不知道应该做什么了。
优秀固然重要，
更重要的是无可替代。

你的梦想，
还是你自己的吗？

Lu
Kevin

刚刚躺在床上看完了《三傻大闹宝莱坞》，然后精神抖擞毫无睡意，于是你就看到了这篇我在饿着肚子的情况下，写于堪培拉时间凌晨五点二十分的文字。

这绝对是一部好电影，三个小时的电影丝毫不让你觉得冗长拖沓，励志又不乏幽默。虽然情节老套，但是配合印度宝莱坞特有的歌舞，倒也觉得新颖。

我想说的是这部电影传达出来的东西：特立独行的生活态度。

这恰恰是我们最最缺少的东西。

从小时候起，我们就被要求一模一样，穿一样的校服，头发不能太长，最后就连我们人生的梦想都变得一模一样。初中毕业了上个重点高中，高中努力学习，高考去个重点大学，找个靠谱的工作，买个像样的车子，有个不错的房子，度过看似不错的人生。

曾经的你为自己的想法很执着，曾经的你哪怕全世界不理解你想要的也无所谓。

你要去相信，
没有到不了的明天

可为什么有一天，你发现你听最流行的音乐，看最卖座的电影，去最热门的景点，读最畅销的图书？什么时候起，你变成了现在的你？你敢不敢有点与众不同？

亲爱的老妈说过，总有一天，你的棱角会被世界磨平，你会拔掉身上的刺，你会微笑应对讨厌的人，你会变成一个不动声色的大人。我常觉得自己还没有准备好，就已经长大了。大人的世界比想象的更难懂，有那么多字典里无法解释的字眼，有那么多努力做好了也不会被所有人喜欢的事情。

谁不曾想要自己的青春金光闪闪？谁不曾想要经历一些特别的事情，去一些特别的地方？谁不曾想要轰轰烈烈度过那几年，有着我们各自的梦想？

可是为什么到最后我们变得一模一样，慢慢地，梦想就变成了要赚很多很多钱，要赚更多更多钱，要住个不错的房子、买个好看的手机、有个漂亮带得出去的女朋友，过个像样的人生？

如果所有人的梦想都一样，那还是梦想吗？

我曾经在《想太多》里这么写：

有一天我到了一个用金子堆起来的地方。树木是金子做的，花朵是金子做的，衣服是金子做的，汽车是金子做的，房子是金子做的，就连道路都是金子做的。

这真是一个富裕的地方,我想。

刚走到门口,就听到护卫们说:"快来参见这里的国王。"

我这才注意到不远处的国王。他穿着金子做的衣服,金子外边是更多的金子用来装饰,戴着金色的皇冠,皇冠上镶着很多钻石模样的金子。

他看到我并没有穿着金子做的衣服,得意扬扬地说:"想不想穿金子做的衣服,我这里有用不完的金子。

"我是国王,所以我有着最多的金子。

"我是国王,所以大家都要听我的话。"他大声地说着这些。

我摇摇头,说:"我不想穿金子做的衣服,它们太重了,也太坚硬了。"

国王很少被人拒绝,所以这多少让他不快,但他是国王啊,怎么可以跟我一个平民计较呢。

"我有着最多的金子。"他重复了一遍刚才说的话,"我是国王,我有着最大的权力。"他又说了一句。

"我是国王,所以我可以做很多人做不到的事情。"

可是我对这些还是没有什么感觉,反而觉得很无趣。

他生气了,一脸恼怒地对我说:"为什么你不拍手叫好呢?"

我只是摇摇头,说:"你说的一切都很厉害,只是这些都不是我想要的。"

你要去相信,
没有到不了的明天

他摇摇头,觉得我不可理喻。

他带我去看他的花园,他有世界独一无二的收藏,笼子里关着世界上最昂贵的鸟。
他说:"你看,那只鸟是世界上最贵的。"

他带我去看他的收藏,房里摆设着琳琅满目的收藏品。
他说:"你看,这是世界上最昂贵的字画,这是世界上最贵重的花瓶。"

他带我去看他的书房。他说:"你看,这是世界上唯一流传的墨宝。"
他带我去看他的车库。他说:"你看,这是世界上最昂贵的车子。"
他带我走出宫殿,回头看。他说:"你看,这是世界上最昂贵的房子。"

他说:"你看,我是多么富有啊。
"没有一个国家的国王比我更有钱了。
"没有一个国家的国王比我更有地位了。"

我向他鞠躬,对他说:"可是你的车子不能开,你的墨宝不能用,你的花瓶不能用来放花,你的字画只能锁在柜子里,你的鸟从来不愿意说话,又有什么用呢?"

在墨尔本、在堪培拉、在上海,有很多人,他们可以拿 A、拿 HD,可以融入得很好,他们大多有着不错的就业前景,只是他们中的大多数并不是真正喜欢现在所学的，或者不知道自己想要的是什么。

那么你拼命追逐的，又有什么用呢？

我们所处的世界，它让你忘记你曾经的模样，把你变成了孤傲的国王。学校使你变得刻板，数学除了用来算钱再没其他用途。除了必须看的书，你不再主动看书。

你每天坐在电脑前看着140个字的内容，没有意识到你的人生远远不只是这140个字所表达的东西。你跟大多数人一样，把大众喜欢的东西奉为准则，而不顾你心里是否真的喜欢它。

这就是为什么我讨厌那些畅销励志书，它们永远在对你说你要往上爬，你才能有话语权；你要学会谄媚和腹黑，你才能出人头地；那些广告上永远一种表情、一种服饰的某男，才是你该过的人生。

诚然，如果你想要成为那些人中的一员，那无可厚非，因为他们也是自己领域中的佼佼者。但媒体的过度渲染让你认为，这世界上只有这一种活法才是对的，那就大错特错了。

对于这些，我想说，去你的。我们马不停蹄地长大，拥有了比以前更好的生活，变成了一个更好的人。难道我们所做的这一切，就是让我们拥有一个复制别人的人生？

你要去相信,
没有到不了的明天

当你40岁的时候回想起以前的人生,除了有一些钱和过得"还可以",还能有什么样的关于20岁的记忆?你还有什么说出来能让你兴奋不已的经历?

所以当又有人以社会准则来要求你,又有人对你提起谁家谁谁谁的时候,请大声地说:"没有人能用他的标准衡量其他人。没错,优秀的确很重要,但我不想变成别人。"

"带着你的自以为是滚蛋吧,我清楚地知道自己想要什么,那也许不是条风光无限的路,也许不是一条看起来安稳的路,但那是属于我自己的路。"

跟着别人走,最多跟别人一样。走不一样的道路,才有可能跟别人不一样,才有可能比别人强。而"不一样"真的那么重要吗?我的回答是,是的。活着是旅程,是见识,是经历,而不是两点一线一成不变。

曾经读到过一句话:"有些梦想,纵使永远也没办法实现,纵使光是连说出来都很奢侈。但如果没有说出来温暖自己一下,就无法获得前进的动力。"

我知道终有一日我们都将妥协,我们都会被这个世界完美地驯养,但是在最后的那次妥协之前的每次不妥协,都是最为宝贵的财富,那将是你更好地生活下去的资本。

Lu
Kevin

在别人肆意说你的时候，问自己，怕不怕，输不输得起？不要怕，不要后退，不要犹豫，难过的时候就一个人去看看这个世界。你需要足够勇敢地问自己，你是不是已经为了梦想而竭尽全力了。即使我最终的结局只是这样，我也不能接受麻木放弃的自己。

一直很喜欢阿姆，他的歌词里有这么一句：献给我的宝贝们，要坚强。献给世上其他的人，上帝给了你属于你的鞋子，它适合你，穿上吧。做你自己，兄弟，为你的本色而自豪。就算这话听着有点老土，永远不要让任何人说，你不够美。

一个人的梦想也许不值钱，但是一个人的努力很值钱。请守护住你的梦想，那是你与众不同的东西，那是让你在成长道路上不至于泯然于众人的东西。

兄弟，为你的本色而自豪。就算这话听着有点老土，永远不要让任何人说，你不够美。

BGM ♪ Eminem *Beautiful*

当所有人都把梦想当矫情，
把倔强当幼稚，
把努力当无病呻吟，
把懦弱当真理，
那只能说那些人的内心已经死了。
在这个快速的社会里变成了一个速食的人。
当有人不由分说对其他人的梦想嗤之以鼻的时候，
你要做的就是伸出你的中指默念 Fuck You，
滚你的，
我有我的梦想，
我就要守护它。

别让世界
改变你的节奏

那天陪老唐去书店买书,他学设计,很是辛苦,最直观的就是没有时间睡觉。好几次半夜当我赶完论文或者照例看完电影的时候,都能发现他还在线上忙着他的绘图作业。

有一天,他对我说:"你说我们俩离开家到这个大洋彼岸的鬼地方累死累活,是为了啥?"那时我想起一句,对他说:"归根结底,我们之所以漂泊异地承受苦累,是因为我们愿意,不还是我们自找的。总要度过这样的日子才能安心,就当是自己感动自己吧。"

他啧啧称奇:"不愧是写文章的,总是那么有哲理。没错,我就是为了给自己一个截图设计作品发到微博上的机会。我一定要给自己一个跟那些牛人比肩的机会,趁自己还年轻。"
我想,你也很有哲理啊朋友。

这是他让我印象深刻的事情之一。

另一件事是那次我准备了很久的旅行,上网查资料查酒店办签证一路下来没犹豫,连机票都买好了,临到要出发的时候却开始踌躇,好像那个一开始信誓旦旦的人不是我。

我就去问他和 S，他俩之前都是怎么一个人去别的国家的，会不会迷路什么的。S 一脸错愕地看着我，仿佛在她眼里，这从来就不是一个需要担心的问题。老唐对我说："你唯一要考虑的问题，就是你真的想去那个地方吗？出发之后的事情都是不重要的。"

后来我在《孤独是你的必修课》里写：你必须找到自己的生活节奏。只有出发才能到达，你不出发，哪里都去不了。出发才是最有意义的事情。

我突然发现，一直犹豫踌躇，一直下不了决心的人，有什么资格去实现梦想呢？

很久以前的我总是上网刷人人网、刷微博，看到很多人上传的旅行照片羡慕不已，转而又看到几篇描述他们怎么一路在上海、在华尔街立足的帖子，不禁赞叹，心里一阵激昂澎湃，当即下定决心把没背完的单词背一遍，再上网查很多资料准备下一站要去的地方。

然后呢？然后我哪里也没有去。

——为什么哪里都没有去？

我承认我一直是个拖延症比较严重的人。这个毛病来源于很久以前的一次作业，两千字的 Essay（论文），提前十五天发的题目，我一直拖到最后两天才开始做。紧迫感和焦虑感促使我一刻不停地写，偏偏拿到成绩之后还不是很差。

于是我就开始抱着侥幸心理，觉得自己只适合在 Deadline（最后期限）之前短期高压的情况下工作。后来拖延症渗透到了我生活中的方方面面，从我的作业到我平时的生活，再到我的晚睡，再到之前无数次下定决心却哪里也没有去。

我明白，拖垮我的，是我日益膨胀的想法和日益迟缓的行动力。如果我每次都需要 Deadline 这样的东西来提醒我，那么我一辈子也只是疲于奔命，忙活于一个又一个的任务中，失去了主动学习的能力。

然而拖延症的危害不仅仅在于学习，也在于生活的方方面面。比如上面所说的旅行，因为一拖再拖，最后丢失了原本的冲劲和向往。对于梦想，也同样。

——怎么杀死拖延症？

这个问题我想了很久，最后想出来一个道理：所有的外界因素都不会让你的拖延症痊愈，因为不管你制订了什么样的计划，总会有外界因素来干扰你。

如果我们不想在未来的某一天为自己的才华流失而难过，为自己的青春不再而流泪，如果我们不想要再拖延，不想每次做决定的时候都犹豫不决，如果我们不想要这样的一个似是而非的人生，那么我们就必须找到属于我们自己的节奏。

简单地说，就是从一开始就按照自己的步调不卑不亢有条不紊地向前走，告诉自己现实容不得你拖延，行动起来，哪怕每一步都很慢，但也要行动起来。

认识到这点之后，我明白我必须有所改变。有一天我破天荒一大早起床去图书馆，带着自己从国内带来的书，一看就是一整天，直到肚子饿得实在不行才合上书。那时候我发现，我焦虑拖延的原因，是因为我堆积得太多了。

就像一个恶性循环，因为要看的东西很多，所以不想看；因为不想看，所以堆积的东西越来越多。到后来焦虑越来越严重，无从下手。

所以最好的办法，就是行动起来。

其实一个月背几百个单词真的那么难吗？其实一个星期看一本书真的那么难吗？其实拿着相机出去旅行一次真的那么难吗？是的，我知道你会说旅行什么的都是小清新，拿着单反实在是太像在装。在这个"文艺青年"被用烂的时代，太多东西被定义为矫情，甚至于大多数时候自己的梦想总是让人觉得荒唐。是的，你讨厌被人说，可是别人的看法真的那么重要吗？非要等到看到他考上你想要上的大学，拍出你想要拍的照片的时候，才觉得后悔吗?

所谓的梦想就是,当你开始追逐它的时候,你就知道自己的梦想很可能不会实现,但你依旧会去追逐。如果励志的东西用完了,就重新制造那些积极的东西。如果选择开始停滞,就一个人出走,独自看看这个世界。

因为梦想是一条单行道,走上去就再不回头了。

看一部剧集觉得最无聊的只是开头的那几集,背单词最头疼的也只是你决定开始背的那几天,看一本书最厌烦的往往只是开头的第一章,坚持做下去,不停地换着法子激励自己,直到那变成你的一种习惯,变成你的一部分,你就会发现其实习惯没那么难。

当这些变成了你的习惯,自然也就不会再拖延了。

——为什么我们往往事与愿违?

最近常常听到有人对我说:"老卢,你知道吗?很多事情是生来注定的。梦想,只是幻想而已。"

那些你想要拼命抓紧的人会离你远去,即使你从来不想失去她;那些你想要拼命做好的事情总有人说你做得不够好,即使你已经拼尽了全力。明明被伤害的人不是你,最先蹲下哭泣的人却是你;明明不想离开的人是你,

你要去相信,
没有到不了的明天

最先说再见的人却是你；明明做错的那个人不是你，最先说对不起的人却是你。

你一再地委屈自己，只是因为你不想跟这个世界格格不入。

这个世界都告诉了你一些什么？它告诉你梦想是很难实现的，实现梦想的永远是少数人；它告诉你爱情是很难存在的，浪漫爱情故事里的主角永远不是你；它告诉你相处是一件很难的事情，有时候你很努力了也做不好；它告诉你很多时候你喜欢的人不会喜欢你，他们甚至不在乎你。

这个世界告诉你，不是所有的付出都是有结果的。

你每天见到很多人，却看不懂他们的心；你知道他们的名字，知道他们的星座，却不知道他们的想法；你知道他们来自哪里，知道他们喜欢什么样子的人，却不知道他们怎么看待你。

你们见面会微笑打招呼，仅此而已。

然后呢，就这样放弃吗？

这就是你想要的生活吗？一遍遍地重复，在寻求别人的肯定中生活，却从没想过自己是否真的开心。每天挤着地铁打着哈欠，到了公司你两眼呆滞地看着电脑屏幕，变得越来越符合他人的要求，变得越来越麻木。你面对的问题大多让你反感,他们指着你的痛处不停地问东问西,你却不能表现出什么来,只能笑着附和或者尽力敷衍过去。

可怕的不是你的生活即将结束,而是你的生活从未真正开始。

——面对危机中的世界,保持自己固有的节奏

其实大多数人的问题,是看不到希望不敢去努力,或者是因为过去的失败停住了现在的脚步。那么记得:永远不要回避你的过去,更不要用过去牵扯你的未来。

有没有希望不重要,哪条路不重要,重要的是你愿意为之努力下去,然后看到希望。

当你觉得迷茫难过的时候,问问自己为什么一遍遍背书,为什么一次次地早起,为什么一遍遍地修改论文。答案就是:勿忘初衷,别让世界打乱你的节奏。

你想得越多,顾虑就越多,什么都不想的时候反而能一往无前;你害怕得越多,困难就越多,什么都不怕的时候一切反而没那么难。这世界就是这样,当你不敢去实现梦想的时候,梦想会离你越来越远,当你勇敢地去追梦的时候,全世界都会来帮你。

你要去相信,
没有到不了的明天

当你面对这个世界突如其来的打击的时候,你需要伸出你的中指,对着这个世界说 Fuck You！告诉这个世界,滚你的,我是我,你是你,我依旧相信爱情,我依旧相信梦想,我就喜欢听着喜欢的歌大声嘶吼,我就是要追求我在意的而你们不在意的东西,我就这么我行我素地过,对不起,坑爹的世界,我跟你不熟！

如果你要问我青春是什么,那么我会说青春就是 Do what you love and fuck the rest.（做你想做的事,其他的事都去他妈的。）

所有的牛×后面都是一道道痛苦的高墙,所有的痛苦背后都是一次次别人看不见的坚持。关于你的未来,只有你自己才知道。

所以,管他呢,管别人怎么看,做自己想要的,努力到坚持不下去为止。既然解释不清,那就不要去解释。没有人在意你的青春,也别让别人左右了你的青春。这个世界没那么在意你,也别让世界改变你的节奏。

BGM ♪ The Script *Hall Of Fame*

你想要一个人去旅行,又想要跟朋友好好聚聚;
你想要考研,又想先工作几年;
你想要好好背上几天单词,又想要去参加社团活动。
有时候,你会问自己,你想要的是不是太多了?
你的生活是不是太忙碌了?
你是不是根本不知道自己想要什么,
只是想要让自己忙碌起来,
好给自己一些心理安慰,
好让自己看起来不被别人落下太多?

多少人过着这样看似忙碌实则焦虑的人生?

唯有割舍,才能专注;
唯有放弃,才能追求

你要去相信，
没有到不了的明天

身边有个朋友，她从不翘课，积极参加活动，还做了某社团的团长。有一天半夜，她突然找我聊天，说过两天要去主持迎新晚会，除了主持还要表演节目，可又要准备论文，这两天累得半死还不得不牺牲睡眠时间。后来晚会效果不错，她却说以前会很有成就感，现在除了累就是累，想抽身而退又有点舍不得。

另外一个朋友，只能用忙碌来形容他。他的电脑里放满了各色各样的公开课和电子书，假期又马不停蹄地去上海念托福，书桌上必有GRE（美国研究生入学考试）的红宝书，成绩也很优秀。有一天他说，其实根本不知道自己在学什么，不知道现在学的专业将来有没有用，再忙心里也填不满。

我问他那有没有想做的事情，他说有，可是想做的太多了，反而不知道应该从何开始。他想去考研，又想在国内先考几个证书，想出去旅游，又想待在家里把新买的书看一下。

这样的人在我们身边屡见不鲜，看似忙碌的生活却不一定热爱自己做的事情，喜欢做的事情太多反而力不从心。出去旅游却迟迟决定不了目的地，在书店买书时面对琳琅满目的书踌躇不已，生活中无处不在的选择像要把一个人压垮。

在好友考上剑桥之后的谢师宴上，他在台上说五年来他想的只有考上剑桥，他也喜欢摄影喜欢画画，可是为了剑桥都放弃了。鱼和熊掌不可兼得，有时候必须选一个。即便自己的选择在别人看来无趣又功利，自己也乐在其中，因为如果他什么都做的话，势必摄影比不上专业的，画画比不上画家，也不可能考得上剑桥。

人如果能找到自己真正喜欢做的事情，本身就是一种幸福。这句话我在阿信的《浪漫的逃亡》中看到过，在大头写给我的同学录里看到过，听一个朋友这么说起过。

可是如果想做的事情很多很多，不知道怎么衡量它们之间的重心的时候，又该怎么办呢？后来赖明珠老师在写给阿信的序里这么说：就怕多才多艺的人，想做的事实在太多，偏偏每件都还做得不错，还真烦恼。然而不管是放弃、割舍还是背叛，都是不但不得不，而且必要的选择。唯有割舍，才能专注；唯有放弃，才能追求。

我承认很多情况下，我都是个随便的人，但对于某些事情，我很执着、很倔强，甚至固执倔强得很可怕。我对很多事情都很好奇抱有兴趣，却只对某些事情达到了热爱的程度。我曾经也以为自己可以在很多事情中衡量得很好，可以既做着这件事情，又能对另外一件事情处理得游刃有余，可是越到后来越发现，有些事情是不得不全心全意去做的。我们的生命有限，人这一辈子会做很多事情，有几件事情能做到想要的完美呢？

你要去相信,
没有到不了的明天

选择做一件事情,做你最喜欢的事情,把其他的都抛开。把这件事情做到你想要做到的极致,把这件事情做到你梦想中的最大化。永远不要害怕梦想太大,只有很大的梦想才拥有你向上的无限可能性。站得高才能望得远,梦想这东西也一样。从另一个角度来讲,永远要相信自己可以比现在走得更远,永远不要因为现在所取得的一点点小成绩而沾沾自喜。

选择,本身就意味着要放弃另外一些东西。有时没有选择反而是更好的选择,没有退路反而是更好的出路。我们最容易犯的错误就是以为生活在别处,所以我们轻易地放弃一份工作、一种兴趣。我们总认为我们可以在很多事情上做得很好,这件事情不行换件事情做就行了,所以三天打鱼两天晒网。即便你可以在很多事情上做得很好,也做不到无可替代的程度,到头来,你也只是在 Average(平均水平)上下徘徊,怎么也没能达到你想要的层次。

所以试着去听从内心的声音,不要在乎外面的掌声。选择最喜欢的一件事情做,把它当成你最重要的事情来做,在这件事情上做到最好,而不是去不断尝试别人看来很好的事情。还是那句话,唯有割舍,才能专注;唯有放弃,才能追求。

经得起诱惑,耐得住寂寞,永远是成功道路上的不二法则。

BGM ♪ 马克西姆 《出埃及记》

孤独无助的时候，
永远不要逃避，
也不要立马找别人倾诉。
当你失去耐心的时候，
你会失去更多，
最好的办法是静下来，
对着镜子问问自己想要什么，
你一定能找回你自己。

生命
是一张单程票，
无法回头
但是可以转弯

你要去相信，
没有到不了的明天

舍友吉米有阵子总跟我感叹时间飞逝，马上就要毕业却还不知道未来的方向在哪里。身边的朋友一个个都在为了目标努力，只有自己在原地打转。

他说光是想想未来就觉得很可怕，再加上觉得自己被落下了很长一段路，所以现在根本没有心思踏踏实实地做好一件事情，结果就是变得越来越浮躁。

我一下子明白过来他每天这么焦虑定不下心来做事情的症结在哪里：他看到的身边的那些例子，都是光鲜亮丽让人羡慕的。而那些人不久前还跟自己处于一条起跑线上，现在已经超出自己一大截，往前看只能看到背影，看不到同行的人。

他越看到这些例子就越着急，越着急就越迷茫，越迷茫就越不能定下心来做一件事情。慢慢地，这种情绪循环往复，所以很长一段时间里，他都陷在这种低落的情绪中。

他说让他感到慌张的，是当别人都知道自己想要什么的时候，他却不知道自己想要什么。可我跟他认识这么久，我相信他知道自己想要什么。我想真正让他急躁的，是经过这么久的等待，他依然没能接近自己的梦想，他依然不知道怎么去接近自己想要的样子。

很多人都说不知道自己想要什么，实际上这句话的真实意思是，他没有足够的勇气去追寻自己想要的。

——每个人都不是他表现出来的样子

每个人都对你说要找到方向，你要想想自己的路是什么，你要的是什么，可这哪是一件容易的事情，哪有人一开始就能找到自己喜欢的事情呢？于是他们又说，你这样子是不行的，你看看你身边的人，他们已经找到自己的路了。

只是，每个人都不是他表现出来的样子。

隔壁的A君，考试总能考得很好，看起来毫不费力。你看到他一脸轻松的样子无比羡慕，却不知道他每天很早就起床去图书馆占位学习，等到你晚上找他的时候，他才能够心安理得地看着美剧。你只看到了他晚上看美剧时的样子，却不知道他白天在图书馆的心无旁骛。

许久未见的B君，跟女朋友的感情很好，每次他们总是出双入对让你羡慕不已，他们的恩爱让你一阵赞叹。但你不知道的是，他们也会吵架，也曾经差点分手，不同的是，他们坚守了下去。你只看到他们在一起有说有笑，却不知道他们背后为了这份感情的默默付出。

于是你觉得不需要付出太多努力，就能得到自己想要的；于是你觉得不公平，凭什么他们能得到的你得不到。因此你又开始没有定力，对什么都打不起精神来。

每个人表现出来的，都是光鲜的想让别人看到的外衣，你梦想过他们的生活的同时，却没有看到他们背后付出的代价。根本就不存在一蹴而就的说法，即使你偶尔幸运地走上了神坛，你也会因为本身实力不足而跌落下来。那些屹立不倒的，哪个不是付出了千百倍的努力？

——当我说梦想时，我都说些什么

那天吉米跟我聊着聊着，聊到了"梦想"的话题。他问："卢思浩，如果有一天你没有实现梦想，会不会觉得很难过？"

我问他指的是我没能过上我想要的日子吗？他说是的。然后我回答他说："不会。"

他一脸诧异地说："怎么会？你不是一直想要变成一个优秀的作家吗？"我对他说，即使没能成长为自己一直想要的样子，也没什么大不了的。我有朋友、有爱人能活下去，又为了梦想努力了一把，有什么好难过的？

很多人不敢去面对梦想，是因为他们害怕不能实现梦想。但是如果梦想能够那么轻易地实现，那么实现它又有什么意义呢？梦想之所以为梦想，正是在于它的难以实现。

越是害怕，越要面对。

我想太久以来很多人都没能正确地对待梦想，我想对待梦想的最好态度，是正确地看待"梦想"。

努力从来不等于成功，而成功也从来不是终极目标。那些终极的梦想，其实是很难实现的。在你追逐梦想的时候，你会找到一个更好的自己，一个沉默努力、充实安静的自己，你会因为自己所做的事情而觉得充实。

梦想这东西太狡猾太腹黑，它会让你觉得自己已经慢慢地接近它了，然后让你发现其实你和它的距离根本就没有拉近。它需要考验你是不是能足够坚强去实现它，你要做好充分的准备才能上路。

诚然，也许奋斗了一辈子的草根也只是个草根，也许咸鱼翻生了不过是一条翻了面的咸鱼，但至少他们有做梦的自尊，而不是丢下一句努力无用，心安理得地生活下去。

最好的生活状态莫过于，你在你的青春年纪傻乎乎地为了理想坚持过，最后回归平淡用现实的方法让自己生活下去。能实现梦想自然是最好，但没能实现自己的梦想也没有什么可惜的。成长的第一步就是接受这个世界的多样性，认识到现实的不美好，然后还是决定要坚持最初的坚持。有勇气做选择，自然有本事承担得起后果。

越是漫长，越要淡然。

——你要的生活，没有捷径

很多人在年初都会给自己订下一些计划，好似随着时间流逝，这些计划会一个个实现，于是没有真的努力过。可我想你也知道，很多事情是一个缓慢累积的过程，改变每天都在发生，一天天往前走一点点，一年年才能走到更远的地方。

如果你真的不知道自己要什么，就安静下来，寻找自己身上的闪光点，寻找你想要做的事情。生命本就没有意义，你能给它什么样的意义，它就会有什么样的意义。

很多时候，你觉得难过，是因为你追逐的不是更好，而是比别人更好。所以你把自己的未来限定在了一个很小的框框内，过着看起来安稳却让你不甘的人生。

让你不甘的人生，那就不要过。不知道自己想要什么，至少能够知道自己不想要什么。

这世界上只有一种悲剧，就是得到了自己不想要的。得不到你想要的，但是你努力了就不会后悔，等到有一天你老了你可以对你的儿子说，你老爹我曾经为了一个梦想，默默努力了很久，那样的坚持让我觉得自己没有白

Lu
Kevin

活。得到了你不想要的，只会让你觉得负担，每天沉重度日又无法舍弃，过得不开心又没有办法重来。

你要的生活，没有捷径。当你跌入谷底时，当你觉得梦想依旧遥远时，当你备受打击挫折时，你的梦想才真正开始。

不知道走哪条路的时候，就把眼前的路走好吧。觉得焦虑的时候，就去做眼前那些让你逃避的事情吧。不管做什么事情，一定都会有回报。生命是一张单程票，无法回头但是可以转弯。

越是漫长，越要平静；越是害怕，越要面对；越是困难，越要倔强；越是困难的梦想，就越是有去实现的价值。

无论什么时候都不要放弃希望，哪怕看不清前面的路，哪怕你是孤单一人。因为只有你放弃的时候，你才真的输了。

你不会因为一件事情一步登天，也不会因为一件事情而一蹶不振。慢慢走，慢慢看，生命是个慢慢累积的过程，而在这过程中，你唯一要做的，也是最重要的前提，就是不要放弃努力。扎下根来，才能枝繁叶茂，才能不随着时间漂流。

BGM ♪ Slam Dunk 《世界が终るまでは》

人人都开始着急。
着急赚钱着急找到未来的方向甚至急不可耐地去爱，
你看那儿，谁又上传了自己去马尔代夫的照片；
你看那儿，别人家孩子现在在大公司工作收入不菲；
你看那儿，隔壁家那谁已经结婚了，孩子都有了……
其实我想说的是，
你会觉得焦虑，
是因为你追求的不是比昨天的自己更好，
而是比那个"别人"更好。

慢慢来，比较快。

别着急，
该来的终会来

最近一直很忙，白天上课赶稿晚上写剧本，睡前还要挑战天杀的 GRE 单词。忙碌中依旧伴随着一点点焦虑，不过这也没什么，因为焦虑是我的常态。

常常有人给我留言问我哪儿来的动力，哪里找的方向，有没有什么诀窍。

在我的生活中，一直有人对我说"不可能的""你做不到的，放弃吧"之类的话，其中包括我的第一任编辑、我最好的朋友和我亲爱的老爸。与此同时，我常常写论文写得想撕书，写稿子写得想撞墙，不过因为是做自己喜欢做的事情，所以总能坚持下来。然后有一天，我回头看，才发现这么一个我竟然战胜了那么多负面情绪。

其实哪有什么诀窍可言，不过是一次次地跌倒，再一次次地爬起来。每次跌倒了痛了难过了，就去电影、书籍、歌曲里汲取正能量，慢慢地把自己变成一个正能量的人。跌倒的次数多了，就能和失败的自己相处得很好了，之后也就慢慢地不再焦虑、不再急躁，事情反而渐渐好转了。

你不认清这个世界，就没有办法完全接受它；你不去接受它，那你就没办法从幻灭中重新开始。你需要被这个世界狠狠地打击，狠狠地跌倒，才能真真正正脚踏实地地站在这片大地上。

你要去相信,
没有到不了的明天

一个有趣的现象是,很多人看到自己的同学或者其他熟人干得风生水起,就有些定不下了。就像长跑比赛,一开始大家都疯狂跑出去,就你一个人慢吞吞的,就算你不想拿名次,心里也会觉得别扭,于是你只好匆匆上路。最后,疲于奔命的你,什么都没得到。

太多人急于实现自己的梦想,但当你在寻找一条捷径、一个诀窍的时候,你会迷失自己。有一天等你回过头来自己想想,你根本连自己真的想要什么都不知道。你之所以不知道你自己想要什么,是因为一直在赶路,因为你在着急,你不停地换着前进的道路,不停地追赶着别人的脚步,脚步越来越快,等到有一天你发现自己生活在别人的人生里的时候,早就忘记自己真正想要的是什么了。

你有没有想过,也许你的前方从来没有路,也许你想要的那个未来,从来就不是你想象中的模样?

你自己的人生,只有你自己能够帮你。如果找不到方向,那就用力去找,认真去找;如果找不到梦想,就去找自己喜欢做的事情将其变为梦想,然后为之奋斗。

不要说机遇不眷顾你,如果你一直在逃避,一直想找捷径,如果你选择的科目是最好拿分而不是你喜欢的,如果你看的电影是用来打发时间而不是用来感悟的,如果你去的旅行是为了拍照上传炫耀而不是真的想去看看不同的生活,那么生活又凭什么眷顾你?

上帝是公平的,他给了你这些,就会把另外一些给别人;幸福是有限的,它给了你这些幸福,就会给你一些苦难,把更好的留到最后。

我从来没能找到一条明确的路,从来没有。我不停地摸索挣扎才走到了现在,唯一值得庆幸的是,我竟然一点也不害怕失败了。

你的前方从没有明确的方向,生活也不会一路绿灯,也不会把你面前的道路照个通亮。你只有不停地向前,不停地受伤,变得坚强而又足以承担生命赋予你的那些美好的不美好的一切;你只有不停地失败,然后某天你到了一个转角,你突然发现转了一个弯居然有你苦苦追寻的方向和未来。

如果你把自己准备好了,有了足够的实力,那么无论你走哪条路,何愁不会丰富多彩呢?

我始终相信,为了自己的未来而努力,好过为了别人想要你变成的模样而努力。后悔的痛和跌倒的痛哪个更难以忍受,我想你比谁都知道答案。也许很多人在背后把你当成笑话看,可是我想,你也不会后悔自己的选择,因为世界上只有一个你,不管别人看起来好或坏、幼稚或乐观、装 × 或真实,你都是你自己。

该来的始终会来,千万别太着急,如果你失去了耐心,就会失去更多。

该走过的路总是要走过的,每条走过的路都是必经之路。永远不要认为你

你要去相信，
没有到不了的明天

走错了路，哪怕最后转了一个大弯，这条路上你看到的风景是独属于你自己的，没有人能夺走它。你在这一路上看到的风景，会是你之后通往未来的宝贵财富。

千万别着急，你若愿意梦，总有人陪你去疯。我知道你会说你觉得一无所有，但是那些真正宝贵的财富从来不是用眼睛能看见的，静下来听听自己的内心吧，停下来看看陪伴在你左右的人吧。

是的，你我都知道这个世界充满了不公、贫穷、现实和无助，但是我要你明白，这个世界远不只这样，我要你看到光明、梦想、努力和希望。没有人能回到过去重新活过，但你我都可以从现在开始，决定我们未来的模样。

就像慢吞吞的绿皮火车，也许它很慢，但总会到达你的那一站。

BGM ♪ Linkin Park *Iridescent*

P.S. 这是一段我自己的工作技巧，不保证有效。

1. 我通常会在起床之后把该做的又不想做的事情都点开，逼着自己开始，不给自己"我玩一会儿微博就开始"的机会。（像我这样的少年，一开微博就会刷半小时，开玩笑，当然不能开。）
当然还有很多人是越晚效率越高的，我在写作这方面就是。同样的我也会把所有要做的东西都点开，把手机扔在一旁，能不上网的时候就不打开网页。

2. 我是一个特别需要听歌的人，我的歌单里永远有几首我听了会很有动力的歌，或者是那些能帮助我 focus（集中注意力）的歌。每个人听的歌都不同，但我想每个人都有那么几首歌能激励自己。我就会反复地听那些歌。

3. 永远不要相信自己"玩五分钟就去学习"的鬼话，社交网络能不看就不看，最多刷一个朋友圈，忍住不要回复任何人。杜绝自己的一切"手贱"，把手机这个"万恶之源"暂时扔在一旁。其实大多时刻你不能集中注意力，不是有别人来打扰你，而是你给自己别人打扰你的机会。

4. 另外是一个我在坚持跑步的时候掌握的一个小窍门，当然我知道跑步的诸多好处，但开始跑步之后我就不会用那些好处来激励自己。我不会想这件事情有多么多的好处，而是心里给自己画了一条线。告诉自己之前在别的事情上浪费了太多，这次就得看看自己能坚持多久。不用想太多，就抱着"倒要看看自己能坚持多久"的心态去做，反而能坚持到底。

5. 坚持每周读一本书，不管是什么书都行。读书不一定能帮助到你现在正在从事的行业和做的事，但能让你静下心来。

青春是用来浪费用来做梦用来努力的，
你应该用这样的时光做你想做的事情，
变成你想变成的人，
哪怕这很难，哪怕会失败。
因为不管怎么样，
我都不想有遗憾，
因为我不想老了之后，
没有一个
回忆起来能让我嘴角上扬的青春。

要么滚回家里去，
要么就拼

我从来不觉得人的成长是为了证明之前的不切实际和幼稚，梦想是用来实现的，但是太容易实现的，那不叫梦想。

以前在墨尔本的一个室友突然打电话给我，在我这里马上要凌晨三点的时候。他让我猜他现在在哪里，我说不是在墨尔本吗，你还能去哪儿？他很神秘地说，不是哦，我现在在西班牙。然后我一下子就愣住了。因为很久之前，我在人人网的一个相册里看到有关西班牙的照片，那时候跟他说，西班牙那么漂亮，我将来一定要去一次。我没有想到的是，在我就要把自己曾经一闪而过的想法忘记的时候，他的电话就这么来了。到最后，站在我最想去的地方的人，却不是我。

挂了电话之后，酷我音乐盒正好放到阿姆的 *Lose Yourself*，依旧是熟悉的节奏，和他的那段："Look, if you had one shot, or one opportunity, to seize everything you ever wanted, one moment. Would you capture it or just let it slip？"不知道为什么，脑海里浮现的是《当幸福来敲门》里面的片段，是男主角最穷困潦倒的时候在车站的厕所里过夜，是他身上只有20美分的日子，可是他从来就没有放弃过。

如果你有梦想，就一定要捍卫它。

老爸同事的女儿，比我大三届，我刚进那所高中的时候，她已经出国两年了，正好我们是同一个老师。高二的时候，老师给我们读了一封信，是她从英国寄回来的。她说现在过得很好，谢谢老师当年的教导，然后张新宇（高中的班主任）慢慢念出信的最后几个字——来自剑桥。当时一下子就蒙了，对那种学校只有敢想的份了，后来我才知道原来她是我老爸同事的女儿。老爸总是感慨地对我说，一个女生，能那么优秀真的很不容易。后来有幸跟她见面，她说的一句话我至今记忆犹新，她说，因为想要过自己的人生吧，她一直记得一句话：很多事情就像旅行一样，当你决定出发的时候，最困难的那部分其实就已经完成了。

突然就想到了自己，第一次出国的时候，离自己的 17 岁生日还差三个月。奇怪的是在机场的时候，我并没有想象中的那么不安，我只是反复告诉自己，这条路是你自己选的，不管怎么样，要走下去。可是留学生活并没有想象中那么顺利，恋爱也是无果而终，毕竟隔着那么远的距离。一时兴起去打工，因为太累，最后还是辞职了。

后来有一天在 Facebook（脸书）上看到 Leo，一个澳洲本地小伙儿，成绩好到令人眼红，最可贵的是他的性格还很好，做事能力好到让人嫉妒。我就开始跟 Leo 聊起最近的生活，到后来就变成了我的诉苦。等我说了很多，过了很久，我才看到他打过来的字，他说，我到现在都用不起 iPhone 这种在你们那里随处可见的东西，我现在的学费都是自己赚的，虽然你离家很远，但是你父母一直在后面资助你，你每天就做这么一点事情，凭什么说自己撑不下去了，你有资格吗？那些比你累的人都没有说什么，那些比你优秀的人都比你努力得多，你有什么资格在这里唉声叹气？！

然后他对我说了一句我到现在还一直记着的话：要么滚回家里去，要么就拼。(Go home or stand up, it's your fucking choice. Do you still remember the reason why you are here?！)

我突然就醒了，我一直只看到那些闪闪发光的人身上的闪光点，却不知道他们到底付出了什么样的代价，才换取了这样的人生，我又有什么资格在这里抱怨？我为什么要出国，在那个时候义无反顾的自己，怎么现在反而后悔了呢？什么时候起，那个有着梦想的自己就死了？

我一直觉得自己的青春很痛苦，老是在想这么下去会不会有未来，自始至终也没能对这个不属于我的城市产生过一丝归属感，很多想法都只是一闪而过。为什么明明知道时间那么少、青春那么短，想得最多的，不是怎样去接近梦想，而是反复地不安和疑惑？

终于觉得，我的痛苦，我那些熬夜的日子，都会在最终让我迎来属于我的结局。从离开家的那一刻起，就注定了我无法回头的青春。记得上次一夜没睡跟朋友去山上看日出，偶然听他们说起自己之前的生活，才明白不管是表面多么快乐优秀的一个人，不管是外表多么光鲜亮丽的一个人，都有各自的心结和痛苦的过去。就像青春注定要漂泊和颠沛流离一般，那些流过的泪、受过的苦，总有过去的一天，又有谁的青春不曾痛苦过？

你要去相信,
没有到不了的明天

一个人 20 岁出头的时候,除了仅剩不多的青春以外,什么都没有,但是你手头为数不多的青春能决定你变成一个什么样的人。往往你将来成为一个什么样的人,就在于在这个阶段你想要什么。一个人一辈子能去往几个想去的地方,能看过几个难忘的风景,能读到几段改变你人生的文字,又能经历多少次难忘的旅行?这个世界那么多不顺心的事情又能怎么样?对它们说一句"Fuck You",然后继续努力做好自己应该做的事情。

就像阿姆歌里唱的那样:我不能在这里变老。我要在变老之前,做一些到了 80 岁还会微笑的事情。

我想,一个人最好的样子就是平静一点,哪怕一个人生活,穿越一个又一个城市,走过一条又一条街道,仰望一片又一片天空,见证一次又一次别离。然后在别人质疑你的时候,你可以问心无愧地对自己说,虽然每一步都走得很慢,但是我不曾退缩过。

BGM ♪ 埃米纳姆 *Lose Yourself*

人都是孤独的，孤独不可怕，可怕的是惧怕孤独。

想要摘星星的孩子，孤独是我们的必修课，
我不怕自己努力了不优秀，
我只怕比我优秀的人比我更努力。

生活不可能像你想象得那么好，
但也不会像你想象得那么糟。
我觉得人的脆弱和坚强都超乎自己的想象。
有时，
我可能脆弱得一句话就泪流满面，
有时，
也发现自己咬着牙走了很长的路。
——莫泊桑

孤独是你的必修课

你要去相信，
没有到不了的明天

一.

看高木直子的《一个人住第5年》的时候还在国内，那时觉得那样的生活根本不可能发生在我身上，连吃饭都要人陪着的我无法忍受一个人吃饭的感觉。所以后来，很长的一段时间里，我都没能适应一个人吃饭、一个人旅行，现在想想其实也没什么，这个世界运转速度那么快，没有人会在意你是不是一个人。以至后来一个朋友问我，是不是也得了社交恐惧症。我笑笑，其实不是，只是自己慢慢地变得懒了，懒得去经营一份感情。至于朋友，有那么几个就足够了，有些人天天在一起，也不见得是朋友。

好像这样久了，倒是会忘记开始遇到的困难，渐渐地变成自己生活的旁观者，看着生活平静地流淌。都说人是慢慢成长的，其实不是，人是瞬间长大的，就像突然沉淀一般，突然不会谈恋爱了或者不想谈恋爱了。一个人生活单一但也不会觉得无聊，即便很多时候还是会迷茫，也不会觉得烦躁了。

去年的今天我在不一样的城市，背着不一样的书包，留着不一样的发型，走着不一样的路，想着不一样的事情，有着不一样的心思，爱着不一样的人。谁说改变需要十年呢？

二.

身边的牛人倒是不少，像神祇一样的存在，我也只是羡慕，想着反正自己也不会变成那样的人。直到有一天，一个学长跟我聊起来，才知道原来他也有看不进去书的时候，也有写论文写得想撞墙的时候，我们都忘了他们是用怎么样的代价才换来了这样的一个人生。他说，如果你想要去实现梦想，孤独是你的必修课。如果不能沉下心来，就没有办法去实现它，因为那绝对不是一件容易的事情，孤独能让你更坚强，你必须找到自己的生活节奏。

有一个朋友喜欢每天喝一点酒，看一部电影，然后准时睡觉；住在旁边的英国人神出鬼没，有时候早上才睡，有时候天刚黑就睡了；隔壁楼的一个男生每天天不亮就起来跑步，往往那个时候我才刚打算睡。

最近迷上一个人到处走，算不上旅行，只在周围的城市走一遭，倒也不会花上太多时间准备，提起包就走了。我不会带着相机，只是有兴致了拿出手机拍一拍。音乐倒是我走到哪里都不能丢的东西，只有音乐，能让看似漫长的等待变成曼妙的旅程，似乎自己跟整个世界都没有关系，只想当一片没有名字的云，徜徉在不知道名字的风景里。

正如上面说的，曾经无法想象一个人吃饭的感觉，同样的，我也不会去想象一个人去坐公交车是什么样的感觉。谁知道没过多久，我就习惯了一个人坐车去学校。我住的离学校比较远，所以每次上车的时候还没有多少

你要去相信,
没有到不了的明天

人,坐最后一排。有时候看着窗外发呆,什么都想,却又不知道自己在想什么。

我们都会找到自己的生活节奏,然后沉溺于其中无法自拔。

三.

很长一段时间里我都没有去过书店,觉得那种"每个星期读一本书"对我来讲是太遥远的东西。直到有一天我陪朋友去书店,他是一个买书就不会停的人,我也就跟着买了几本。回到家里看微博、人人网又觉得心里空落落的,索性就拿起书来看。也是在那一天我才发现,其实每个星期看一本书没那么难,那天我一下子把书看完,才觉得这样的生活是充实的。

要么读书,要么旅行,身体和灵魂必须有一个在路上。

我告诉自己现实容不得你拖延,拖延只会让你变得更焦虑而已,所以刚开始的时候,我规定自己每天提早上床半小时,看上几十页书,很快就变成习惯了。有时候我不得不感叹,如果真的去做一件事情的话,那么这件事情就没有那么难。当你真的想要做一件事情的时候,整个世界都会来协助你,就是这种感觉。

一个骑过川藏线的朋友说,只要出发,就能到达,你不出发,就哪里也去不了。如果你不能静下心来,就什么也做不到。出发永远是最有意义的事，去做就是了。一本书买了不看只是几张纸，公开课下载了不看也只是一堆数据，不去看就没有任何意义，反而徒增焦虑，行动力才是最关键的。

四.

你也许也是这样，当你渴望找个人交谈的时候，你们却没有谈什么，于是发现有些事情是不能告诉别人的，有些事情是不必告诉别人的，有些事情是根本没有办法告诉别人的，而有些事情即使告诉了别人，你也会马上后悔。那么最好的办法就是静下来，真正能平静自己的只有自己。

没有人能免得了孤独，与其逃避它不如面对它。孤独并不是一件那么糟糕的事情，与嘈杂相比，一个人生活显得自得的多，倒也可以变成一种享受。或许至少需要那么一段时间，几年或几个月，一个人生活，不然怎么能找到自己的节奏，知道自己想要什么。这是属于你自己的东西，是你的一部分。你听音乐时，坐地铁时，一个人走在马路上时，它就会流淌出来，让我觉得这个世界似乎在以另外一种形式存在着，我能够清晰地听到自己。

我们都生活在一个不那么如意的世界，当乌云密布我们就会摇曳，但阳光总有一天会到来，等阳光照到你的时候，记得开出自己的花就行了——那个你与生俱来的梦想。有时候梦想很远，有时候梦想很近，但它总会实现的。我想，一个人最好的样子就是平静一点，哪怕一个人生活，穿越一个

你要去相信,
没有到不了的明天

又一个城市,走过一条又一条街道,仰望一片又一片天空,见证一次又一次别离。

即便世界与我为敌,只要心还透明,就能折射希望。

附上最近几个月看的书单:
《走吧,张小砚》(有关旅行)
《你好,旧时光》(有关回忆)
《1Q84》《海边的卡夫卡》(村上就不用介绍了,最近似乎说喜欢村上会被觉得很俗,可是我依旧会看)
《挪威的森林》(听说出电影版了,一直没看)
《送你一颗子弹》(刘瑜)
《追风筝的人》(看完电影之后看的原著,书真的比电影更催泪)
《陪安东尼度过漫长岁月》《这些都是你给我的爱》
《偷书贼》(同样很感动)
《麦田里的守望者》
《我就是要挑战这世界》(挺冷门的一本书)
《芒果街上的小屋》
《一个人住第9年》《一个人住的每一天》(同样是高木直子的)
《1984》
《明朝那些事儿》(1—7)
《怦然心动》(也是看完电影之后找的原著)
《黄金时代》《爱你就像爱生命》

《百年孤独》

《致我们终将逝去的青春》《匆匆那年》(同类型的两本)

《牧羊少年奇幻之旅》(强推)

《一个人的好天气》(青山七惠)

《燕尾蝶》(岩井俊二)

《白夜行》《嫌疑人 X 的献身》(东野圭吾)

《在路上》

《活着》余华

最后是一本我很久以前就一直在看的书,每次看都会有不一样的感觉:《小王子》。

与你有关的人太多,所以还不如做一个你想要做的人,人生都太短暂,去疯去爱去孤单一场,真正能平静自己的只有自己。人都是孤独的,孤独不可怕,可怕的是惧怕孤独。想要摘星星的孩子,孤独是我们的必修课,我不怕自己努力了不优秀,我只怕比我优秀的人比我更努力。

BGM ♪ 曲婉婷 *Everything In The World*

Time *would heal almost all wounds.*
If your wounds have not been healed up, please wait for a short while.

Lu
Kevin

你要去相信

没有到不了的明天

愿你要的明天，
能够
如约而至

你会发现有那么一种奇妙的存在，即便是最黑暗的夜，
他的存在也会让你觉得黎明马上要出现，
用他特有的温柔唤醒你；
即使是最寒冷的夜，他也会让你觉得第二天阳光会出现，
用他散发的光芒温暖你。
然而最奇妙的是，也许照亮你前方的那个人，
从来没能真正地出现在你的生活里，
而你爱了他好多年。

"为什么喜欢
一个遥远的人？"
"因为他发光啊！"

有那么一个人，他的存在让你想要变得更好。也许他是你身边的人，也可能不是；也许你们交流很多，也可能你们之间连一句话都没说过；也许你们是很好的朋友，也可能那个人不知道你的存在。可你还是想要变得更好，因为你想要变成他那样的人，变得跟他一样倔强、一样坚强、一样温柔。因为我们努力了，所以渐渐地我们变成了想要变成的自己。

希望我们都能找到这个人，尽管这个人可能一辈子都不认识你。

《拥抱》是我听的第一首你们的歌，然后是《温柔》，让我爱上你们的是《而我知道》。再然后的《人生海海》《倔强》《突然好想你》，再到最近的《星空》。每一首都让我欲罢不能，一遍遍地听，即使每次听《温柔》都会难过，我也按不下停止键。

有那么一阵子，觉得自己好像不喜欢你们了。可是绕了一大圈，发现自己还是没有办法把你们割舍下。

喜欢过的人都很喜欢你们，不过最终还是错过了。

然后又是一年过去了，一年又一年，看过了很多绝望，听过了很多劝阻，接受了很多无奈，品尝了很多伤害，然后慢慢地，青春也快要走完了，我

你要去相信，
没有到不了的明天

们即将被时光拖出最后的象牙塔。

老实说现在还老说着青春，有时会让我觉得自己像还没有长大，可是又切切实实地长大了，连爸妈都开始催我赶快找个好姑娘回家了。我不知道怎样才算老了，是不是动不动就开始说"曾经"的人就是老了，但我的确会不自觉地想起以前的日子，暗自感叹着时光飞逝。

可是你知道吗？每次听起你们的歌的时候，我都能看到曾经的自己。那条金黄色的走廊，那首不变的《温柔》，那昏暗的音像店，那盘《时光机》的卡带，那个抄下"我不怕千万人阻挡，只怕自己投降"的我自己，那个跟我说"陈信宏跟我一天生日"的臭屁姑娘，那个跟我去看你们演唱会对我说"我想我这辈子都割舍不下你们"的人。

现在的你们都走在奔四的路上了，连看起来永远年轻的陈信宏都43岁了。我爱的你们已经不再年轻了，连同爱着你们的我也不再青春了，可是那又怎么样呢？不管你们的演唱会是有一个人去，还是有十万个人去，跟我都没有关系。因为只要你们开口唱，只要你们还是唱着那样的《倔强》那样的《突然好想你》那样的《拥抱》，无论你们在哪里，无论时光把我们变成了什么模样，我一定都会毫无悬念地被你们感动。

一定会。

我总是能听到"我爱的他都已经不唱歌了"或者是"我好像已经不再那么

喜欢她了"之类的话，曾经耳机里排满的都是五月天、孙燕姿、S.H.E，现在他们的歌就像随机播放时偶尔出现的小喜悦，我还是会一遍遍地听，可是很明显的，不会像当初那样单曲循环着霸占一整天了。

你看呀，连我们自己都变了，又怎么忍心苛求在舞台上的他们不变。可是陈信宏你一直没有变，还是那么倔强、那么勇敢、那么坚持、那么温柔。你的歌声已经唱了21年，我却怎么也没有产生抗体，你的《温柔》已经18岁了，可是我怎么听也听不够。

前阵子结婚的朋友，一直跟我说他一定要在自己的婚礼上放《温柔》。我打趣说："你是想要给她自由呀？放这首歌真不应景。"他却一本正经地说："因为这首歌陪伴了我们8年。"女方也是我的朋友，她说："你说我们在请帖上写五月天，他们五个会不会来呀？"

说完我们都笑了，他们五个不会来，他们甚至都不会知道我们，可是那又怎么样呢？他们本来就不是我们生命里的人，可是他们给了我们这么多，我们又怎么可能说不喜欢他们就不喜欢他们了呢？

后来，就在去年年底，他们去台湾看了五月天的演唱会。他们说："刚开始的时候怕失望，因为这是我们携手看的最重要也许也是最后一场他们的演唱会，也害怕这么几年五月天会有很多改变。"

"可是音乐一响起来的时候，我才发现，原来一切都没有变，不光是他们

你要去相信，
没有到不了的明天

没有变，没变的，还有我们自己。"

没变的，还有我们自己。我们总以为自己已经改变了，可是总有那么一些东西留了下来。

你知道，如果哪首歌、哪部电影、哪本小说、哪个人在你最难过、最无助、最快乐、最美好而又最容易被辜负的时光里陪你度过那么一段日子，那么无论他们将来去哪里，他们变成了什么模样，他们还唱不唱，你都没办法把他们割舍下。

也许我们无法割舍的，还有我们的青春。
也许我们会喜欢他们，还因为我们还喜欢着那个喜欢他们的自己。

有一个朋友总对我说："五月天他们又不会认识你，你这么喜欢他们有什么用呢？"是啊，爱你的人那么多，我只是其中一个。可是因为你，我想要变得更好，因为我想要变成你这样的人，变成像你一样用力地活着、豁达地歌唱、努力地追梦的人，所以我努力去做了。因为我努力做了，我才觉得没有白白浪费喜欢你们的日子。也许到最后我也无法像你一样站在舞台上，把自己的所有感悟带给台下的人，我也无法像你一样那么有才华，可是我变成更好的自己了。

说不定真的，我们听着什么样的歌长大，就能变成什么样的人。

那一年，我们在上海，又看了一场五月天的演唱会。那一天，听到《憨人》，还是有想哭的冲动。即使有那么一天，你失去昨天的一切，变成一个平淡无奇的人，可是只要你一开口唱起《温柔》，唱起《倔强》，我还是会毫无悬念地感动。谢谢你们，我已经可以更好地向前走了。

后来我觉得，错过了那个人，也许就是这样子了，再见或者不再见都不重要了。潮起潮落之后，难过伤心之后，五月天留了下来，伴随我度过了每一次的日落和每一次的日出、每一次的低落和每一次的坚持、每一次的旅行和每一次的回途，连同我所谓的无法割舍的梦想，居然一下子都到了现在。

偶尔回头看看，才会发现走过的路跟来时的是那么不同，那时候觉得难熬的，好像一下子就过去了。没有什么过不去的，没有停不下来的伤害，没有走不过去的绝望。

也许你喜欢的不是五月天，也许想让你变得更好的人，他自己已经变了。也许你再也听不到有关他的消息了，也许你只是见过他一面而已。

但这样就够了。你也许永远不知道他全部的故事，你也不需要知道他全部的故事。也许他也不知道自己在什么时候、在什么情形下，照亮了你人生的一小片宇宙，但他实实在在地发光了，为你照亮了前面的路。

就像你头顶不知道名字的星星一样，它自顾自地发光，然后消失不见，你根本不知道它来自哪个星系，可它就是发光了。你能听到你心里的声音，

你要去相信,
没有到不了的明天

那些属于你的声音告诉你,因为这些光,你心里有一块地方变得柔软了,尽管将来这块地方关于他的痕迹变得无影无踪。

不管他是谁,请不要把他割舍下,即便他早已走远了。他不再唱了,他不再出现了,他不拍电影了,他离开这学校了或者怎么样,不管他会不会记得,不管他会不会知道我的喜欢,我知道就好,我记得我的生活是怎样一点点被改变的就好。

后来,有人在你的博客里留言,说不管你们去哪里,都会追随你。
你回复说:"我知道,所以我常回头等你。"
后来的后来,你在博客里对我们说:"不哭,不怕,不孤单,等待出头天。"

这篇文章献给我们曾经爱过的遥远的那个人。
于我,你们是五月天。
因为你们,我变得更好了,这样就足够了。
只希望很久之后,我还能很骄傲地说:"没错,我还在听五月天。"
只希望很久之后,你们能看到这篇文章,然后对我说:"原来这就是你笔下的,五月天。"

BGM ♪ 五月天 《星空》

我知道也许我们有一天会放弃现在所说的梦想，
会忘记现在所爱的歌曲，但这都没关系。
我可以平凡但我绝不平庸，我可以忙碌但我绝不焦虑，
我可以谙于世事但我绝不世故，
我可以被忽略但我绝不因此忽略别人，
我无所谓成功不成功，但我在乎我自己的成长。

就像我常说的，我无法掌握别人，
但我可以掌握自己。
我唯一能把握的，是我会一直尽力走下去，
不为了别的，只为了给我自己一个交代。

你唯一能把握的，
是变成最好的自己

你要去相信，
没有到不了的明天

一．

我们去看一部电影，无非是想从电影里看到我们自己。比如《星空》，比如《失恋33天》，比如《大话西游》，只是毫无例外地我们无法跟着电影里的人物一起长大。你不是13岁，你也不是17岁，你失恋早就过了33天，你的身边也没能有个王小贱。回忆没有变，离开的是我们自己。

前两天看邮件，还有人对我说，好像身边能说话的人越来越少了。我想了想似乎真是这样，这个世界上有太多的事情是我们无法掌握的，你不知道谁明天会离开，你不知道意外和你等的人谁先到。有些人哪怕你抓得再紧，虽然你心里完全不想放弃她，可是偏偏你们的距离越拉越远，交集越来越少，最后变成了回忆角落里的一张旧照片。

最可怕的是因为怕失去而放弃拥有的权利。我们都会遇到很多人，会告别很多人，会继续往前走，也许还会爱上那么几个人，弄丢那么几个人。关键在于，谁愿意为你停下脚步？对于生命中每一个这样的人，一千一万个感激。

被忽略被遗忘，死党变得疏远直至陌生，那都是没办法的，我能把握的只有我自己。我们总不能老指望失恋的时候身边有个王小贱，胃痛的时候家就在身边，生活如此地不靠谱，我们只有把自己变靠谱。

二.

其实感情和梦想都是很难跟别人解释的事,你想要跟别人描述,还真不一定能描述得好,说不定你的一番苦闷在别人眼里显得莫名其妙。喜欢人家的是你又不是别人,别人再怎么出谋划策,最后决策的不还是你;你的梦想是你自己的又不是别人的,可能在你看来意义重大,在别人眼里无聊得根本不值一提。

大人的世界总是连说明书都厚厚一本,你会发现越来越多的事情都一样会有个原因,踢球就一定要进球,就连旅行都一定要发现自我。有些事情你很努力很努力做了也做不好,他们没有看到你的努力只看到了结果。梦想这东西越发像断了线的气球,已经不知道飞到哪里去了。

有时候就在想啊,我们痛苦来痛苦去,到底是为了什么?或者是为了那些我们不能放弃的,我们都放弃了一些什么?为什么要在图书馆里背单词?为什么要在一个没有归属感的地方生活?为什么要离开家、离开亲人?

好像渐渐地找不到原因了。

三.

可总有一些人、一些事偏偏是不需要理由的,比如天空的颜色,比如连你自己都不知道为什么会喜欢上的那个人,比如昨天擦肩而过的人变成了你今天的知己。梦想这东西,最美妙的地方在于你可以制造它、重温它。看一本书,听一首歌,去一个地方,梦想就能重新发芽,那个在你体内扎根的与生俱来的梦想。

你说你为什么会喜欢那个人?谁知道,喜欢上就是喜欢上了。你说有时候觉得生活很不靠谱吧,却又能咬着牙走很远很远。有时候觉得离开那个人就要过不下去了,却还是过来了,或者说沉淀了,原来爱情没有想象中的那么重要。你不再整天把爱情挂在嘴上,你不再觉得寂寞那么可怕了,没错,你现在是一个人,可是谁说这样的你不强大而又潇洒呢?

我常常鼓励大家要去实现梦想,《孤独是你的必修课》里这么说,《你要去相信,没有到不了的明天》里这么说,《愿有人陪你颠沛流离》里也这么说。因为我们唯一能把握的事情是成为最好的自己,我们可以不成功,但是我们不能不成长,没有什么比背叛自己更可怕。

你唯一能把握的,是变成最好的自己。

也许你最后也没能牵到那个女生的手,但是你付出了就不会有遗憾;也许最后你也只是默默无闻,但你曾经为了将来努力奋斗了一把;也许你最后也没能环游世界,可是你在实现梦想的途中找到了自己。那是能够为了一个目标默默努力的自己,不抱怨,不浮躁,不害怕孤单,能很好地处理寂寞,沉默却又努力的自己。说不定你想要苦苦追寻的梦想,已经握在你手中了。

四.

我们会觉得焦虑，无非因为现在的我们，跟想象中的自己很有距离。不喜欢现在的自己，只有拼命地想办法去改变，只有马上行动起来，因为这件事情只有你自己能做到，只有你自己能找到出口。不要害怕改变，那些真正爱你的人会理解你，会包容你的缺点，接受你的改变，祝福你的未来。而那些说你变了的人，不用理会他们，那只是因为你不再按照他们想要的轨迹生活而已。记住那些一直陪着你、懂你沉默的人，忘记那些说你变了、远离你的人。

事实上，你不会发现自己有多强大，直到有一天你发现你身边的支点都倒下了，你也没有倒下。没有人能打倒你，除了你自己，你要学会捂上自己的耳朵，不去听那些吵吵嚷嚷的声音。这个世界上没有不痛苦的人，真正能治愈自己的，只有你自己。

记住什么都失去的时候，未来还在，好吗？挫折一再来临的时候，接受它，然后撑过去。谁没有难过孤单过呢？谁没有失落痛苦过呢？谁年轻的时候没爱错过几个人呢？谁没被几个人拉进黑名单过呢？那些伤不是都慢慢地愈合了吗？你不是已经撑过来了吗？

你已经变成更好的你了，那么继续勇敢地追寻下去，等下去，等待对的

你要去相信,
没有到不了的明天

人,等待阳光照到你梦想的那天。总有一天我们都老了,不会遗憾就 OK 了。

总有一天,我们都能强大到无论什么都无法扰乱我们内心的平和。

BGM ♪ Coldplay *Paradise*

我之所以这么喜欢甚至偏执于一个人旅行的原因
一是喜欢一个人拖着行李,
在候机大厅或者车站的惺惺作态,让我更有存在感;
二是因为在陌生的环境和国度里,
我能更好地学会怎么和自己相处。
旅行从没有它听起来那么神奇,
它很累,
它也不美丽,
但它能让你
在逃离和孤独中找到自己。

旅行的意义

你要去相信，
没有到不了的明天

当一个词频繁出现的时候，就会不可避免地让人产生抵触情绪，比如"小清新"，比如"旅行"。大多数人说着旅行的意义，我觉得旅行有多大的意义完全在于你自己，旅行能让你的感觉变敏锐，然而如果只是为了旅行而旅行的话，那些细微的感觉是很难被发觉的。

然而现在最大的问题是，我们混淆了旅行的意义。我们去热门拥挤的景点，我们拍光鲜亮丽的照片，我们把自己镶嵌在照片里，去完一个地方接着去另一个地方，每到一个地方最重要的事情便是拍照。如果说原来旅行的意义是为了散心和看看这个世界，那么现在的旅行就变成了赶时间和拍宣传照。

这就是为什么我不喜欢跟着旅行团去旅行，因为那样的旅行永远只是在赶路，目的太明显。去西藏就一定要去朝圣，去云南就一定是过桥米线，去苏州就一定是园林，对我来说，旅行是一件很自我的事情，它能让我把经历的生活的琐屑和回忆串联起来，让我能更从容地面对生活带来的一切。

音乐大概是我旅行中最不能缺少的东西，我可以不带相机甚至不带行李，唯独少不了音乐。音乐这东西的魔力就在于，它能够把一段看似无比漫长的等待无限地缩短，它也可以把看似短暂的时光无限拉长。在音乐里，我能看到不同的世界。当我每次在旅途中听到自己喜欢的那些歌时，我就会觉得以前的一切都变成音符慢慢浮现，让我觉得自己似乎在以另外一种节奏生活着。那是我一点点的累积，那是我自己的节奏，那也是和以往不同的另一个自己。

墨尔本的天空很蓝，一个人走走停停，去了南半球最大的教堂。这是一个人来人往却又安静的城市，人们奔走在街角，看到的是坐在路边相爱的老人，看到的是坐在图书馆前晒着阳光聊天的惬意，看到的是不畏行人在路边等食物的鸽子。

纽约的高楼大厦令人称奇的同时也会给人带来压抑感，你可以看到穿着时尚的年轻人，你可以看到奢华绚丽的奢侈品店，你可以看到炫酷的跑车，人们锋芒毕露。而在夜晚，你也可以看到在街边蜷缩着的穷人，而不远处，是喧闹的灯景。明明只有几百米的距离，却像是两个平行世界，让我难以呼吸。人们在这里，看到的是机遇，看到的是梦想，看到的是成败。这是很多人梦开始的地方，也是更多人梦破碎的地方。

而在中国，上海自不必说，这里同样是一个两极对立的城市，富有者和贫穷者一同在这座城市生活着。偶尔还是能看到有人，会在人群中走着，会停下脚步看看天空，会拿着相机拍着风景。我总是觉得这座城市一切都变得速食化了，也许有一天，我也会变成这样铜墙铁壁的大人。然而在这样的一个城市，依旧能看到人们对于爱情的向往，对于梦想的努力。它像一座巨大的时钟，人们汇聚成了这样的一个时代，而我们都是这其中的一部分。

你要去相信，
没有到不了的明天

至于堪培拉，大概是这个世界上最不像首都的首都了吧。树木的覆盖率高得惊人，从飞机上往下看，是大片大片的山丘和绿色。喜欢这里的蓝天，喜欢这里的树木，喜欢走在路上会对你微笑的和善老人，喜欢门前的大树和树荫下的蚂蚁。当然也有让人讨厌的，比如这里的公交车从来不准时，比如这里永远不是我的家，即便我在这里生活了三年多。

在一座没有很多人认识我的城市，我可以放肆地拍照、放肆地闹。
可以一个人在街头拿着地图琢磨接下去要走的方向。
或者可以坐在广场听着自己喜欢的歌、看着走过的行人，想象着他们各自经历的人生。
我也可以在看到自己喜欢的风景时突然停下脚步，不用担心会打扰其他任何人。

于是我觉得旅行其实没有那么浪漫，那些看到的美景也许根本没有意义，那些拍下的照片也许就放在角落了，重要的是，它能让我们认识自己。

我们为什么要旅行呢？杰克·凯鲁亚克说，我们非去不可，在到达之前绝不停止。我不知道我们要去哪里，但我们非去不可。新井一二三在书里说：如果不读书，行万里路就不过是个邮差；可是连路都不行走，连国门也不跨出，就连邮差也不如。路是人走出来的，知识是前行中随时汲取的。

死党老唐说，他想要去看看不一样的生活，想要让自己的生活不是一种色调，可以丰富多彩。在欧洲遇到的女生说，她曾经因为喜欢书名而不管内容买下了一本书，那本书的书名是《独立，从一个人旅行开始》。

后来我才开始明白，没有人能免得了孤单，尤其是我们还年轻的时候，因为我们的心是孤单的。觉得家乡容不下我们，所以我们义无反顾地出去闯，所以我们想要去很多地方。可是发现无论到了哪里，无论身边有多少人，还是孤单的。而家乡，再也回不去了。

这些都是没办法的，年轻总是免不了一场孤单的旅程。只要你的心还是孤单的，无论到了哪里，都是一样的。风景很重要吗？是的，但不是最重要的。重要的是，你怎么在陌生的地方面对孤独的自己。

我想，喜欢上旅行的人，都是想要暂时逃离自己城市里那熟悉却沉重的空气。背上背包，戴上耳机，卸下平日里所有的伪装，去一个陌生的城市，寻找的却是自己。

我想，喜欢上回忆的人，都是想要暂时逃离眼前生活里那琐屑和孤单的现实。回忆里的世界总是比较美，回忆里的那个自己，却已经陌生了。回忆回不去了，未来呢，又在哪里？

我想，喜欢上文字的人，都是想要在喧闹的世界里安静地用心生活着的人。正因为这样，这样的人会孤单得多，因为我们总是想要用寥寥几句照亮整个孤单的宇宙。

你要去相信,
没有到不了的明天

没有人能免得了孤单,年轻的心总是孤单的。我们只有去习惯它,然后内心才能变得很强大。
去做梦,因为我们不能未曾绽放就枯萎,我们不能未曾努力就放弃。
去寻找,正是因为没有方向,才要努力去寻找。
去相信,因为这个世界并不像你说的真的那么坏,未来还没有过去。
去坚持,因为只有自己才能让自己发光,就算世界来阻止你都没有关系。
去倔强,因为你身后还有一群死党,你的头顶还有一片湛蓝的天空,你的耳机里有自己喜欢的音乐,你从来不曾一无所有。

生活没有地图来指引,所以我们都拥有自由。在你拥有自由的时候,你却不去想去的地方,在你有能力出走的时候,你却不给自己一次出走,反而做着一再上网刷网页这种老了以后也能做的事情,那么给你这样的青春、这样的自由又有什么用呢?

别再多想别再犹豫,在一个人孤单的旅途中,你才能看到生活的另一面,才能看到世界的丰富性,才能找到你自己的节奏。当一个人忘记自己又想起自己是谁的时候,才能真正自由,才能发现你自己未知的可能性。但这一切的前提是,在旅途中,你用心地去感受了。

走吧,去巴黎看铁塔,去伦敦看街景,去日本看樱花,去午夜的巴塞罗那,去丽江的小桥人家,去看每一处你想去的风景。走吧,用你的双脚站在你想站在的大地上,用你的眼睛记录下每一片风景,用你的心去拥抱这个世界。

Lu
Kevin

然后最重要的是，在旅途中，发现那个消失了很久的你自己，这无关风景，无关社交网络，无关其他任何人，这是你自己的力量。

这是平和的力量，如果你的人生是本书，那你加上了书签。回到生活中，遇到很多难以承受的事，就想起这枚书签。那么每天的日落，你也能看到一万种风景。

这是我认为旅行和行走的意义

BGM ♪ 陈绮贞 《旅行的意义》

曾经有人问我最喜欢旅行中的哪个部分。
我说，我最喜欢的那部分是：
遇到一些人，交换彼此的故事，然后与他们告别。
当你遇到了很多不同的人，体验了很多不同的感受之后，
你会发现，其实生命没有那么狭小，
其实你也没有那么孤独，
其实前方就是出口。
至于那个去往的"别处"
到底是世外桃源还是荒蛮之地，
其实也就没那么重要了。

一路上，遇见的人

曾经三天内坐了七次飞机，从一开始的期待变成坐得头疼腿麻，可是等到飞机起飞的瞬间，我的心情就会归于平静。在飞机上看完一本书，揉揉泛红的眼睛，坐在三万英尺的高空看向窗外，看不知道名字的云，看说不清楚的风景，感觉整个人都很平静。

在这些没有语言的时刻，回忆总是会突然冒上来。你有没有过听着耳机里的音乐看着窗外的风景，试着深呼吸？

但我印象最深刻的，不是去到的地方看到的风景，也不是在飞机上的所感所想，而是在候机大厅感受到的一切。因为这里汇聚了所有的离合悲欢，所有的憧憬希望。我喜欢一个人拖着行李，走在候机大厅里，看着不同的人或步履匆匆或闲情逸致地经过，感受周围不同的情绪，想象着他们各自度过的人生。

第一次飞墨尔本的时候，我头都没有回，直接走进安检区。我妈说还好我没回头，不然她肯定会觉得特别难过。那天坐在座位上看着窗外的飞机起飞又降落，不知道有多少人像我一样被飞机带着飞离家乡。

一年以后，从墨尔本回国，在安检的地方看到一对情侣，男生抱着女生拼命地安慰，女生拼命地点头，最后女生挤出笑容挥手再见。后来我在候机

你要去相信，
没有到不了的明天

厅里乱逛的时候，看到了那个女生，她坐在角落里边看手机边擦眼泪。

从悉尼飞欧洲的时候，因为是第一次真正意义上的单人出国旅行而兴奋不已，坐在机场里居然按捺不住自己的兴奋。身旁正好有个中国女生，我们是整个航班仅有的几个亚洲面孔。我就跟她攀谈起来，得知她也即将一个人踏上旅行。

我问她为什么想要去那些地方看看，她说没有为什么，还反问我，为什么一定要有原因呢？

临走的时候我看着她瘦弱的身躯，觉得她一定是个心灵强大的人。幸运的是，我们到现在还保持着联系，互寄明信片。

也遇到过一个很漂亮的姑娘，一身名牌奢侈品，妆容精致。经过她的时候，她一直在打电话，转了一圈回来的时候发现她跟身旁的阿姨攀谈起来。她很有礼貌地一直在用"您"，过了半晌要登机了，她帮阿姨拎着一个包，跟她有说有笑地进了飞机。

我想，我们太习惯于用一个人的外表来评判这个人本身，一个人的品行跟他的出身、外貌根本没有任何关系。我记得，当我们生活中一个设计作品得奖者是美女的时候，朋友都纷纷在背后猜测她是用了什么手段。直到后来我们看到了她的相册中记录的一点一滴的努力，羞愧得无地自容。

你会变成一个什么样的人，完完全全在于你的选择。

还曾遇到一个小伙子，2010年的时候，他跟我说起他现在被迫回国了，因为家庭的原因。又因为被迫回国，他不得不放弃学业和一份感情。他说，这个世界上最无奈的事情，莫过于你明明有机会有能力去做好一件事情，但是不得不放弃。

看着他一脸轻松的样子，像在描述着别人的故事。他对我说："生活中，并不是自己努力就什么都可以做到的。很多时候我们都会无能为力，大家都一样，没必要为难自己。人生很长，要看到新的希望；人生又很短，如果一直用消极情绪困扰自己，就太不值得了。"

我常常想，也许旅行就是如此，遇到谁比看到什么风景更重要。遇到一些人，听他们的故事，告别之后各自起程前往各自的目的地，这样子刚刚好。你甚至不需要记住他们的名字、他们的样子，但他们所说的话、所说的故事，会萦绕在你身边，伴随着你成长。

那时，我从没觉得这些会对我的生活有那么多影响。但生活就是一点点小事堆砌起来的，我们不会因为一次旅行就改变人生轨迹，也不会因为一次挫折就止步不前。生命这东西，是一个积累的过程，当你出走去看世界的时候，就可能会产生质的变化。

我还遇到过一对老人，在悉尼机场，他们互相搀扶着边走边逛。我拖着小箱子跟在他们后面，也不自觉地放慢自己的脚步。不知道为什么，每次看到老人们互相搀扶着的背影，都会觉得特别感动。

我也不记得是有多少次，在机场看到留学生们或难过或痛哭的神情。一如M说的那样：那些难过流泪的人，即便坐在角落里一个人伤心难过，即使知道面对的旅程不会轻松，也绝不会回头。

虽然一个人在外生活很不容易，去往一个新的地方也需要放弃很多。你需要暂别繁重的学业或是工作，放下生活中让你无法抽身的烦琐事情，去往一个陌生的地方，最终回归自己的生活后，可能会为了之前落下的工作焦头烂额。饶是如此，还是有那么多人前赴后继地出发了。

我觉得喜欢上旅行的人，大多偏执得让人无法理解，却又不愿意去向别人解释自己。你说登山的人为什么一直要去那么险峻的地方呢？是因为他们一直无法达成的渴望，是因为那个所谓荒唐偏执的愿望。

你需要给自己来一次没有目的地的单人旅行。不刻意去看风景，只需要漫无目地融入陌生的城市，彻底地忘记自己是谁，然后重新想起那个最真实的你。

说到底，你选择过什么样的生活，就一定会过上什么样的生活。

世界很大，而且很有趣，它远远不只读书、工作、买房、生子这么简单。

Lu
Kevin

一路上遇到的人,也许比沿路的风景更重要,因为他们会让你发现,其实人生很有趣,其实生活不止一种活法。

人生的丰富性,远远值得用诸多代价去交换。

那天,从悉尼坐大巴回堪培拉。赶了一路的我疲惫不堪,还拖着两只大箱子。回家的时候,在门口的邮箱里看到了两张明信片,是那个女生寄给我的。她说后面的旅行累坏了,跟我分开后还迷路了好几次。她还说,她很开心能遇到我。

于是就在那一刻,在一个几十平方米的房间里,胳膊酸痛、胡子拉碴、眼睛快睁不开的我,跟这个世界来了一次奇妙的共振。

BGM ♪ 五月天 《花火》

曾经也有个阶段觉得父母不可理喻，想离家越远越好。
离开家了才发现，其实他们也有梦想，也曾经风华正茂，
只是他们的梦想变成了我，我过得好他们就好。
如果没有我，他们早就实现梦了。
在你为了感情要死要活的时候，
当你累的时候，
想想你身后的父母正在为你打拼，
这就是你今天需要坚强的理由。

你永远不知道，
在你离开家
的这段时间里，
你的父母有多么想你

其实写过的东西、写过的文章也不少了，可总是很少写爸妈，我说不清为什么我一直不知道怎么用文字来描述他们，大概我就是一个词穷的人，怕有些话说出来就腻了，尤其是对着这样一直陪伴着我的两个人。

生活过得不咸不淡，很忙却也有条不紊地进行着。最近睡眠质量又开始频繁地出问题，头很痛，眼睛也睁不开被风一吹就流眼泪，上课的时候听着lecturer（讲师）的英语觉得头大，下课回家的公交车上又昏昏沉沉。还是习惯走路的时候听歌，选几首节奏轻快的歌听，揉揉太阳穴希望自己的精神能好一些。只是这些我都习惯了，也不会觉得难过。

真正让我觉得难过的是国内每一次节假日的时候，每当这时都能看到朋友们说着马上要回家的兴奋，而我只能在南半球想着家人过得怎么样。

堪培拉已经越来越冷了，不知道地球另外一边的他们是不是在为了越来越热的天气烦恼。

其实自己一直挺不懂事的，每次跟大洋彼岸的爸妈聊天之后才会懊悔为什么不能多说一会儿，回国了又总是在外面陪着朋友，经常不回家吃饭，也没有好好陪他们。

你要去相信，
没有到不了的明天

每次回家的时候我都会想，为什么明明全世界最爱我的两个人已经在我身旁了，我还是要义无反顾地离开家呢？为什么回家前明明就想着要好好陪他们，回家之后又想要跟朋友出去玩或者四处去看看呢？

我不记得从什么时候起习惯把妈妈叫成老妈、爸爸叫成老爸。后来，我妈有一天突然半开玩笑地说，能不能别叫我老妈，这样显得很老，我才发现他们居然那么快就老了。直到现在，我已经这么独立，也出国这么久了，可在他们的眼里我还是个小孩子，每次一有时间打越洋电话或者视频的时候，他们还是会不停地嘱咐，让我注意身体，就怕我过得不好。

其实，我早就可以把自己照顾得很好，可他们总还是会担心。

我妈呢，唠唠叨叨的，外加轻微的洁癖，总是不让我碰这碰那的，小时候为了她的这个毛病跟她吵了很久。大了一些又开始厌烦她说的那些大道理，直到最近几年才明白，原来她说的都是真理。我妈每次跟我视频都会问我钱够不够用什么的，我都说够了，可她下次还是会问。我妈赚钱挺辛苦，每次回国都能听到她打电话为业务忙来忙去，可她不愿意为自己存钱。其实我知道她就是担心我过得不好，所以我从未在她面前示弱过一次。虽然我常常跟我妈闹别扭，可是在我心里，她就是全世界最漂亮的女人，没有之一。

跟唠叨的我妈比起来，我爸跟我的交流就少得多。小时候特别怕他，只要他瞪我一眼，我肯定乖乖的，一动不动。大了一些，他就开始忙起来了，也没空管我，家长会从来都是我妈去，印象里他去的唯一一次还是因为我考了年级前五。高中我也很不负众望地考进了重点高中的重点班，就在我以为我的未来就是考一个很好的大学、找一个很好的工作的时候，我爸跟我说，出国去看看也好。再后来有一天我发现，我居然已经高出我爸很多了，他总是不服输地说我比他没高多少，不知道为什么，他每次这么说我都觉得很心疼。

为了看到远方我的样子，他们愿意在电脑前等几个小时。

爷爷奶奶就更疼我了，我常常想，也许我生在这个家庭就是我这辈子做的最好的事情之一。

小时候想去书店了就缠着奶奶，也不管她的身体是不是不舒服。那时候的夏天很热，等公交车的地方只有一个站牌，根本没有地方躲太阳，奶奶就让我站在她身后帮我挡太阳。直到有一天我发现，曾经高大的背影已经只能够到我的肩膀了。

我爸总是对我很严厉，我妈很喜欢唠叨，可是他们总对别人说，我们家儿子怎么样怎么样，我才知道我在他们心里的分量有多重。有时候，人会觉得过不去是因为他只想到自己，想想自己身后的亲人和爸妈，就会觉得没有什么是过不去的。

孔子说，父母在，不远游，游必有方。我们出国留学，跟朋友挥手告别，跟爱人宣誓等待，唯一忽略的是父母。我们也许永远不知道，在我们转过身的一

你要去相信,
没有到不了的明天

瞬间,他们流下了多少眼泪。如果可以,他们一定愿意再陪我们成长一次。

那天我踏上去异国他乡的飞机的时候没能明白,直到出国这么多年以后,我才明白,这条路我不能回头、不能退缩,因为这是我选的。我身后并不是没有家人,只是我不能够让家人再为我负担那么多。父母在逐渐老去,而我们成长的速度必须加快,才能赶得上。

所有漂泊的人只是为了有一天能不再漂泊,所有流浪的人只是为了有一天能不再流浪。我们只是想变得更好,能够在父母老去之前支撑起他们,就像他们之前一直做的那样。

这就是为什么我们离开家,我们流浪我们漂泊,我们想要去远方。

当你看书看到半夜两眼通红的时候,当你坐在公交车里看着街景倒退两眼放空的时候,当你听完一首歌看完一段视频发现寂静的黑夜里只有你自己的时候,当你一个人走在街头翻着通讯录不知道应该打给谁的时候,当你独自穿越人群看着两边的灯火找不到一丝归属感的时候,当你一个人穿过半个城市发觉这个城市不再属于你的时候……

你就应该拿起一本书,听一首歌,想想身后的父母;你就应该回家,回到你的亲人身边去。

BGM ♪ 石进 《夜的钢琴曲》

与其说我一路努力是为了改变世界，
不如说我一路努力只是为了不被世界改变，
找到一种自由与平和。
如果你要问我这样的一种自由与平和是什么，
我会说那是我自身的力量，是我自己给自己的安全感，
我无须害怕它会离开，也无须担心世界会变得怎么样。
我的梦想是什么？
没别的，我想要有一天，
我能够用我自己的力量平稳地站在大地上，
能平和地接受生活给予的得失和喜悲，
并尽可能地保护身边的人，
尤其是我的亲人。

黎明前的黑暗
总是最黑的，
但破晓即将
为等待它的人来临

你要去相信,
没有到不了的明天

一.

2010年从墨尔本搬到堪培拉。因为当时是从国内直接去堪培拉,所以在墨尔本的好友一个都没有见到。过了一年我回墨尔本,发现一个很好的朋友已经回了国,至今也没能见到面。

有一天我整理邮箱的时候,发现了他很久之前发来的邮件,那是我在国外的第一个生日。他说:Happy birthday, everything will be OK.(生日快乐,一切都会好的。)我说:Thanks, hopefully we can celebrate my every following birthday together.(谢谢,希望我们能一起庆祝我的每一个生日。)然后没想到,现在我们已经不怎么联系了。

那天我在微博里写:"有人要提前回国,有人想多待一年;有人刚刚到达,有人已要离开;有人说后悔来这里,有人说还好来过这里;有人起程准备旅行,有人安定不想出走;有人异地分手,有人坚守感情不放手;有人哭过,有人笑着。留学这些年,我学到最多的不是英语和专业,而是平静地面对成长的无奈。相逢的人,总能再相逢的。"

有人曾经是你生活里的一部分,然后那个人悄无声息地离开你的生活。现在的我觉得,我之所以会那么讨厌甚至排斥离别,是因为我害怕面对离别后那个孤独的自己。

回忆这种东西,太容易依附在某一首歌、某一个人、某一部电影上。在听到那些歌、想起那些人、重新看那部电影的时候,你会发现回忆依旧鲜活,兀自提醒着你陪伴你的人已经远去,而那些时光是多么美好。

去年我又回了一次墨尔本,可能是最近的一段时间里最后一次回去,只是这次我有留恋,却并不伤感。

我还记得第一次从飞机上往下俯瞰墨尔本的时候,除了 City 那块有高楼以外,其他地方的建筑清一色的不超过三层。刚到墨尔本的第二天,我一个人去 City,结果不出意外地迷路了。走在大街上,竟然有陌生的当地人问我是不是发生什么事了。我说我迷路了,他就直接一路把我带到了火车站,还给我买了车票。当时我的脸色一定糟糕透了,才能让他看出来我的窘迫。

第一次离开家自己找房子住,跟哥们儿花了几天把墨尔本 City 周边的房子都看了个遍,好不容易找到一个满意的,正当我们兴冲冲地想要搬进去的时候,那边却跟我们说不好意思,把押金退给了我们。

第一次去看五月天墨尔本演唱会,坐 Tram(有轨电车)到演唱会门口,才发现钱包丢了,连带着钥匙和演唱会门票都不翼而飞。我走到火车站的门口,却又不知怎么的不想回家,就坐在台阶上一边听歌一边望天。我有

你要去相信,
没有到不了的明天

没有告诉过你,墨尔本的晚上,抬起头时能看到银河?

这五年,因为独处的时间出奇多,让我回忆起来觉得像一部冗长的黑白电影,没有什么曲折的故事。可多少经历了一些事情,比如做饭差点烧了整个家,比如皱着眉头整理堵塞的下水道,比如深夜突然停电我不知所措的模样。
我们只有从害怕一个人吃饭,害怕一个人坐车,到习惯一个人面对生活的波折而从容不迫,才能真正明白孤独到底是一个什么样的东西。它是你的一部分,它是天使也是魔鬼,它能让你变得更好,也能让你万劫不复。你无法逃离它,你只有面对它。

其实一个人没有什么可怕的,可怕的是无法面对孤独的自己,可我们又不得不面对独处。特别是随着成长,越来越多的人离开你的生活之后,你会发现真正能依靠的,只有自己。说来也许很残酷,但是在你最难过的时候,可能没有人能够陪伴在你的身边。

在差点把家烧了之后的第二年,我开始学做饭。让我没有想到的是身边的哥们儿做饭水平都不低,倒是有些女性朋友的做饭水平令人难以恭维。我学做饭一方面是为了消磨时间,另一方面也是为了省钱,只是在第一个月里,我花了比预计多得多的时间在学做饭这件事情上。一个月后,提米和 Ray 同学才能不皱着眉头吃下我做的饭。

有时候也会想,为什么等到有一天你有能力照顾好自己、照顾好别人的时候，那些曾经在你什么都不会的时候照顾过你的人，都不在身边了呢？

二.

我从没想到有一天我会在堪培拉久住。

堪培拉不同于墨尔本和悉尼，虽然它是澳大利亚的首都，但也只是一个农村而已。当年澳大利亚政府在悉尼和墨尔本之间选择首都，最后实在是抉择不了，才在墨尔本和悉尼的中间选了一个渔村做首都，这就是后来的堪培拉。

这也许是全世界最不像首都的首都了，因为这里只是墨尔本的几分之一大小而已，甚至可以说是十分之一，这里甚至没有一个国际机场。举个例子来佐证这里的荒凉程度：某天我从学校回家，甚至在路边看到了几只活蹦乱跳的袋鼠。

当时还在墨尔本的时候来堪培拉旅游过一次，那时的我想，让我在这地方待上几年，一定会觉得无聊透顶。没承想才过了几个月，我就到了一个叫作澳大利亚国立大学的地方，我就到了堪培拉。天知道为什么，说不定冥冥之中有一种东西在牵引着我们，直到我们安定下来，才发现原来一路走来都有迹可循。

之后有过那么一段时间，我开始觉得没有动力。身边的强人越来越多，跟他们比起来，我没有波澜起伏的经历，没有优异过人的成绩，慢慢地，我

你要去相信,
没有到不了的明天

突然发现,好像自己的雄心壮志在一夜间消失了。辛辛苦苦熬了一个通宵做完的作业,得到了一个中等的成绩。打工打了一个月头昏眼花的同时,发现手里的积蓄根本没有多多少。

当你没有动力的时候,甚至都不想在清晨起床,明明已经醒了,明明已经睡不着了,但就是不想从床上爬起来。那时,我无比讨厌阳光,不想起床,宁可天永远是黑的。

人们说孤独的时候可以做很多事情,可以健身,可以看电影,可以旅行,可以尽一切可能丰富自己,在那个没有动力的时刻,我只想昏昏沉沉地睡去。不想做任何事,不想被任何人找到。

有一天跟我爸妈视频完之后,我发觉自己不能再这么下去。我一个人来到大洋彼岸,从一个城市到另一个城市,难道只是为了窝在自己的小房间里自怨自艾?

那天我突然想,为什么我总是在羡慕那些闪闪发光神祇般的人,而什么都不做呢?光羡慕一点用都没有,我想我要做的,是变成那样的人。要变成能让自己的人生发光的人,虽然那很难,需要付出很多,但我相信我就是能做到。

所以常有人问我怎么可以更快地摆脱消极情绪。我只能说,你只能自己度过那段日子,没人能帮你。无论如何都要记得,这并不是你想要的人生,你现在可以孤独难过，但你一定要走出去。你一定要相信自己，相信自己能走过这条遥远的道路。

当你觉得迷茫或者不知道该干什么的时候，就把手头的事情做好。我觉得无论走哪条路都可以走得很好，做什么不重要，重要的是怎么做；生活在哪里不重要，重要的是，你怎么生活。

三．

第三年，开始察觉到自己的改变。对于很多突发而又莫名其妙的事情，我从一开始的愤愤不平到现在可以坦然地接受。以前总是迫不及待地想要表达自己的想法，现在学会了沉默，这并不代表我认输了，这恰恰代表着我会更加努力。

大概是因为一个人生活习惯了，越发神经大条起来。

我经常出门忘带手机，或者是摸摸口袋发现钥匙又放在家里了。有时候也奇怪，明明写文字的时候可以细腻得一塌糊涂，一到白天却怎么又那么神经大条呢？还是不可救药地习惯熬夜，不管是需要熬夜复习做论题，还是空闲的日子听歌看电影，我都会至少拖到凌晨三点以后才睡觉。虽然朋友常劝我早睡，但我觉得没什么，至少在每个孤单天亮的时候，我都能清醒地知道自己想要什么，知道明天醒来我应该怎么走。

你要去相信,
没有到不了的明天

我也能更好地与自己相处了,特别是和那个失败的自己相处。我可以坦然地接受失败,不管那是熬了好几个通宵做的project(课题)得了低分,还是赶出的稿子被驳回。因为我知道我能做的,就是把这些做得更好。我们都是普通人,跌跌撞撞才能到终点,那就跌跌撞撞走过去好了。

一个人生活久了,就会发现有些事情不去在意,那么总有一天,它就会变成不那么珍贵的事情,感情亦是如此。那些你以为珍贵的人,你不去联系他,他也不会来联系你,最后渐渐变成陌路。

成长不过是哪怕你难过得快死掉了,但第二天还是照常去上课上班。没有人知道你经历了什么,也没有人在意你经历了什么。

世界归根结底是我们一个人得去扛起的,所以你再怎么悲伤也没人能卸下你的负担,哭完了就得继续扛下去。

我常说一定要相信时光。虽然这是一句听起来很玄乎的话,却是切实的好道理。有人生得惊为天人,有人年少成名,有人含着金钥匙出生,但十几二十年后,你会发现有人泯然于众人,有人颓废狼狈。如果你不相信时光和努力,那么时光一定会第一个辜负你。

习惯是一个可怕的东西,但它也敌不过时光,有些习惯,说改掉,就真的改掉了。

四.

堪培拉,我把青春献给你。

从一开始对你的毫无好感,到现在的留恋,是因为在这里我度过了最宝贵的那几年。在这里遇到的人、遇到的事,都是值得珍藏的回忆。

刚开始到这里的时候,觉得离开遥遥无期。只是时间是永不停止的火车,转眼就到现在了。好像还没准备好要认真地告别,就必须离开了。

这几年,这里的街景没有太多的变化,巴士还是那样的绿白色。鸽子出现在去图书馆必经的空地上,它们从来不怕人,哪怕人走近了也只是慵懒地挪挪脚步,甚至懒得扇动一下翅膀。走在路上会有人跟你搭话,下公交车前要对司机说 Thank You。学校的湖里有很多鸭子,有一次我莫名其妙地跟它们对视了很久。在我去学校的路上,会经过一座小桥,桥下是成群结伙的天鹅。夏天的时候满校园飘着柳絮,阳光洒在我身上,世界都是暖色调的。

回忆起来的时候,才发现这些每天都能看到的景色竟然是这么美。

好像有很多想说的,可是突然又不知道要写什么了。

我常想,如果让当初那个稚嫩的自己看看这几年的生活,他会不会说:

你要去相信，
没有到不了的明天

"这生活还真是又单调又无聊呢。"本来想着出国这些年，我应该能交好几个外国朋友，最好能跟外国女孩谈一次恋爱，只是这些都没能实现。看起来，还真是糟糕呢。

这些年来我搬了将近十次家，辗转了三个城市，已经记不得坐了几次飞机，马上又要离开这个已经待了五年的澳洲了。我有留恋，但我并不伤感。前几天跟 Faye 聊起来的时候，她说自己曾经一个人在缅甸住了七天，那时候她觉得自己糟透了，然而现在回忆起来的时候，觉得那是一段很珍贵的回忆。

如同我的这些年一样，经历的时候我觉得糟透了，回想起来，却觉着那是一段特别珍贵的回忆。我可以很笃定地说，就是因为这些，我才变成了现在的我。

事到如今，我终于不再怀疑我来这里的决定是不是错了，我终于明白为什么我会站在一个离家八千多公里的地方了。

这是因为我的野心，不是因为那些学术，也不是因为这里真的比较好，而是因为我想要经历一种不一样的生活。我想我的世界有一些不一样，我想要一个人好好看看这世界，所以我愿意接受所有的痛苦、所有的孤单。

因为我要的是那种闪闪发光的人生，我要的是一个不会使自己后悔的人生，我要的是那种能够让我在任何情况下都心平气和的心态，我要的是变成我自己的太阳。

说穿了,就是能够以自己的力量平稳地站在这个大地上。

五.

那天我用两个通宵把 assignment(作业)做完,回到家还赶了一篇稿子。瞥了一眼日期,我的留学生活已经正式进入了最后半年,好像过去了很久,又好像什么都没有过去。

留学生活要结尾了,但是生活还远远没有到尾声的时候,每个结局都是一个新的开始。

通往梦想的路上,有太多太多的事情可能会让你停下脚步:可能因为觉得不安稳,可能是你还有其他的事情要做,可能是因为渐渐地没有了勇气,可能是因为失败挫折太多。但一个人会坚持走下去,原因只有一个,是因为你想要实现它。

也许几年后的我回头看,会觉得现在的自己不可救药地固执。但我想,等有一天我强大到能够面对生活赋予的美好的、不美好的一切的时候,我该感谢现在的自己吧。

所以我庆幸经历了这些年的流离,时光把我变成了一个更倔强的人。明知

你要去相信，
没有到不了的明天

道蜷缩在床上更温暖，但还是一早就起床；明知道什么都不做比较轻松，但还是选择追逐梦想；明知道开始这段感情会一路崎岖，但还是选择坚守。

也许总有一天我们信仰的会失效、热爱的会消失，但永远记得，不管黑夜多么漫长不堪，黎明始终会如期而至。绝望的时候抬头看，希望的光一直在头上。在给自己一个交代之前，在还没有彻底甘心之前，请继续努力下去，直到有一天我们都能够以自己的力量平稳地站在大地上，那是属于你自己的力量，不必害怕它消失。

黎明前的黑暗总是最黑的，但破晓即将为等待它的人来临。
以此写给我的这五年。

BGM ♪《数码宝贝》 Butter-fly

有几天很晚的时候，从街上回家，
看到有位老奶奶在街边卖马铃薯，我都会买上几个。
那天我经过那里的时候，老奶奶的脸冻得通红，手套也破了，
我多买了几个还跟她说不用找钱了。
她却执意去旁边的 KEDI（可的便利店）换了钱找给我，
还对我说晚上一个人很危险，
早点回家。

就是那么一个简单的举动，
我一直记到现在。
愿你也被这个世界温柔地爱着。

愿我们都被
这个世界温柔地爱着

你要去相信,
没有到不了的明天

一.

无论何时,看到天灾之后的场景,我都会特别震惊和难过。既感慨于人类的脆弱,又不得不佩服大自然的强大。我突然想,如果我们最后都要归于尘土,我们爱着的人和那些还没实现的梦想应该怎么办呢?

我想,不管是谁,都对突如其来的灾难无能为力:曾经的生活一下子变成废墟,最爱的人也离你远去。可我们应该继续努力地生活下去,拨开生活的迷雾,在废墟中用力地前行,因为我们是幸存者,只有活着才有可能让生活变得更好。

不管你在世界的哪一个角落,请加油。生命有时候脆弱得可怕,但更多时候坚韧得超乎你的想象。

生活中的打击和挫折远比想象得更多,有时灾难又会让你的一切努力白费,也许明天我们就会死去,在面对种种不公和无奈之后,"如果明天你会失去昨天的一切,你是否依然坚定地爱着这个世界?"

我想我会。

Lu
Kevin

二.

堪培拉又下雨了，连绵不断的雨在这个地方很少见。又经历一次搬家，这次搬到了很远的地方，去学校得乘三十多分钟的公交车。从我家到车站要走将近十分钟，这天的雨比前几天的都要大。

其实我挺喜欢淋雨的，但那也仅限于雨不大的情况。本着不能感冒以及不想淋湿的基本原则，我全副武装地出门。下雨天，这条小巷显得更加空旷无人。在经过一个拐角的时候，突然出现的小狗吓了我一大跳。

它全身的毛都湿透了，眼睛也被淋得有些睁不开，想必已经在雨里淋了很久。它脖子上有项圈，不是流浪狗。它看到我，用力甩了甩身上的雨，然后朝我走过来。我蹲下来摸了摸它，把它带到附近的屋檐下，就继续赶往公交车站台了。

雨下得很大，我到车站的时候恰好赶上公交车到站。上车之后，我照例找了后排的位置坐下，习惯性地看向车外，意外地发现它一直跟在公交车后面，边跑边叫。

我说不出是什么感觉，就像当时我看完《忠犬八公》一样，毫无例外地，我又被感动了一把。

它在路上淋了这么久，还是没有等到它的主人，那么它又是淋了多久，才

你要去相信，
没有到不了的明天

遇到一个停下脚步走近它的人呢？

它在这座城市里迷失了，我们又何尝不是呢？我们又是在迷路了多久之后，才能遇到一个愿意为我们停下脚步的人呢？还是说，那些为我们停下脚步的人，已经被我们不知不觉弄丢了呢？

上课时，缇娜给我讲了一个她的御用冷笑话："你知道为什么大海是蓝色的吗？"我愣了五秒，没有想出答案。她说："因为大海里有鱼，鱼会吐泡泡：Blue, blue, blue, blue, blue, blue…"

然后我想，如果人类一直过度捕鱼的话，会不会有一天大海就不蓝了呢？

三.

说说回国的时候发生的事情。

每次回国总能碰到朋友失恋，是夏天容易发生这些事情，还是我们的感情经历得太快？

苏州的天气说变就变，上午还是晴朗的天气，下午就下起了雷阵雨。接到某人电话的时候偏偏是雨最大的时候，但还是挂了电话马上出了家门。

等到我赶到的时候，朋友已经淋得浑身湿透，我们撑伞他也拒绝。看着他在雨里淋着,我也不知道应该说什么。平时,他总是嘻嘻哈哈一副玩世不恭的样子,现在却坐在台阶上一言不发,我撑伞他也拒绝。我跟另外一个朋友只能站在旁边等他,然后就听到他说:"你知道吗?一年多了,我心里的坎就是过不去,做梦梦到的是她,随手拨手机是她的号码,短信编辑一半不敢发过去,密码是她的生日,每天起来我都会恍惚,我都会觉得,好像她还会回来。"

因为陌生而在一起,最后因为熟悉而分开。

生活里有很多琐屑的似曾相识的东西难以用语言描述,这种感觉就好像你推开门,温柔的阳光迎面扑来,就好像你偶然看到了桌子底下一张泛黄的照片。

慢慢地,那些放不下的人就变成了这样一种熟悉而又陌生的感觉。

就在我胡思乱想的时候,他突然叹了口气,说:"你说,为什么我就是没有办法讨厌这个给了我很多突然又把一切都带走的人呢?"

四.

喜欢是什么?

喜欢是看着一个人的眼睛,即使捂住自己的耳朵也能听到她的声音;喜欢是你在她面前手足无措,做什么都觉得做不好;喜欢是你站在她身边,即使是寒冬也会感觉到温暖；喜欢是她会让你觉得即使是最绝望、最黑暗的夜，有她在身边也会有希望。

再往前一点。喜欢是你跟她一人一只耳机，分享同一首歌；喜欢是你坐在教室的最右边，上课时发呆地看着教室最左边的她；喜欢是每天早上早起十分钟，为了能在校门口跟她"偶遇"。

喜欢是那些年，我还没有出国也没有写书，我天天臭屁地说要实现梦想，你老是拍我的肩让我现实一点先把房间整理了。那时候你最喜欢穿靴子，还留着很长的头发和斜刘海，总是踮着脚跟我说，其实你也一点也不矮。

喜欢是你陪我听演唱会，我们都被带进了五月天的世界里，那时候你说我一直以来的愿望就是跟我爱的人听演唱会，现在这个愿望实现了。喜欢是你说你为了等我的短信，对着手机发呆了一整天，连吃饭的时候都不舍得把手机放下。

喜欢还是那年冬天，我给那个人戴围巾，她说着围巾好丑啊，却怎么也不肯摘下来。

五.

有时候，你会不会觉得生活有太多太多事情让你无可奈何？

小时候跌倒了,做的第一件事情是看看身旁有没有人。如果有,那就开始撒娇流眼泪,哭了之后被大人安慰一番,活蹦乱跳得像从没有跌倒过。

长大之后跌倒了,做的第一件事情也是看看身旁有没有人。不同的是,如果有,那么再痛再难受也要表现出没什么大不了的,生怕别人看出你的脆弱来。

有时候,让我们在意难过的,不是跌倒也不是疼痛,而是我们期待着能够在你左右的那个人,他不在。

昨天还跟你很好的朋友,今天莫名其妙地吵架了。辛辛苦苦通宵赶出来的论题,被老板直接否定了。约好一起去看电影,因为堵车迟到了。就是有那么一些人对你的认知停留在表面上,觉得你常去夜店就把你贬得一无是处,你努力获得的东西他们总以为是用别的方式得到的。

管他呢。

他们看到你中午才起,不知道你天亮才睡;他们嘲笑你痴人说梦,看不到你背后的决心;他们看到你荣华围绕,看不到你辛酸努力;他们觉得你嘻嘻哈哈没心没肺,不知道你夜晚难过伤心。你必须非常努力,才能看起来毫不费力,即便躺着中枪,也要姿势漂亮。

仰天大笑出门去,痛苦岂能乱我心。

你要去相信,
没有到不了的明天

六.

从前有只兔子撞在树上死了,有个人正好路过,就坐在树桩前,他在等待另外一只兔子。

第一天,他没有等到兔子,他有些失望。

第二天,蝴蝶飞来跟他说话,他闻到了花开的味道。

第三天,云朵变成了很多不一样的形状,他第一次看到云朵的变幻。

第四天,他身旁有株小草开始渐渐发芽,他从不远处的河边提来水,给它浇水。

第五天,终于有只兔子向着这里跑来。他赶紧挡在兔子身前,对它说:"跑太快了会受伤的,有时候应该停下来。"

从前有只兔子喜欢上了一只狐狸,大家都觉得它很奇怪,你明明是只兔子,怎么会喜欢上狐狸呢?它自己也觉得很奇怪,所以一直在说服自己不要去喜欢狐狸,不能喜欢狐狸,不能喜欢狐狸。可它没有办法控制自己的想法,最后它终于接受自己喜欢狐狸这个事实了,结果却越来越不开心,越来越压抑。

原因很简单,同伴们都笑它太傻,去喜欢全世界最狡猾的狐狸,而它自己也觉得狐狸不会喜欢它。终于有一天,它在森林里遇到了狐狸,那一瞬间它想要在地上找条缝钻进去。最后它还是鼓足勇气对狐狸说:"狐狸先生,我知道自己不应该喜欢你,但我就是喜欢上你了。我喜欢你说的话,我喜欢你走路的姿势,我喜欢你喜欢的一切东西。"

狐狸看了看它说:"那你要好好喜欢你自己。"
"啊?"
"因为你是我最喜欢的呀。"

从前还有另外一只兔子,叫兔小白。它身边有另外一只兔子叫兔小灰,它们从很久以前就在一起了,可是有一天兔小白觉得日子太无聊了,就对兔小灰说,它想要一个人去别的地方看看。

外面的世界比它们俩的窝精彩多了,兔小白遇到了大象。它第一次看到这么高大的动物,对大象仰慕不已。它天天待在大象身边,可是大象根本就没有看它一眼,后来它很难过地走开了。

它又遇到了狮子,狮子看起来威风凛凛,这是它家兔小灰根本做不到的。狮子跟兔子聊起天来,它们成了朋友。有一天狮子跟兔子约好去玩,结果走着走着,兔子发现自己跟不上狮子的速度,然后它们就走散了,为这个兔小白又难过了一阵子。

它又遇到了大灰狼,大灰狼看起来一副痞子样,也让兔小白觉得很新奇。与狮子和大象不同,大灰狼主动跟兔小白说起话来,展开攻势。正当兔小白决定要跟大灰狼在一起的时候,它发现原来大灰狼同时喜欢着很多动物。

兔小白觉得很难过,它想要回到兔小灰的身边,可又觉得这些日子对不起兔小灰。正当它难过的时候,兔小灰拿着胡萝卜出现在它的面前,对它说:"累了就回来,这里永远欢迎你。"

"这是你最喜欢吃的胡萝卜,它们都不懂胡萝卜的味道,但是我懂。"

七．

最近一直很多梦,其实从小到大就一直在做很奇怪的梦。

小时候梦到自己被坏人绑架,郁闷的是这个梦一直梦了好几天,搞得我一度分不清梦和现实。不过还好最后的结局是我被人救了,安全地回了家。

再大一点,可能是好莱坞的电影看多了,就开始做很多科幻的梦,地球毁灭、海底城、宇宙飞船,这些我都梦到过,可是梦里面的我从来都不是救世主。

谈恋爱的时候,女朋友总跟我说梦到我好几次,我说我也梦到你了。不过其实谈恋爱的过程中,我还真的没梦到过她几次(或者是我不记得了?),失恋之后倒是梦到过几次。后来看到有句话说:"梦里出现的人,是因为她也在想你。"

虽然觉得这句话毫无科学依据,可还是努力去相信了。

再后来就是这几天了,老是梦到飞机出事故,或者地震,可能是最近白天我一直在看灾难片的缘故。每次醒过来,都会觉得活着真好。

最近总能看到很多年轻的生命，或生病或事故，离开这个世界。我们都是幸运的，虽然常常觉得很难受，可当我们为了感情纠结、为了梦想迷茫的时候，有人正为了生命而斗争。

我只愿所有人都能健健康康的。

这几天很晚的时候，从街上回家，都能看到有位老奶奶在街边卖马铃薯，我都会买上几个。今天是元旦，我想应该不会再看到她了。可我经过那里的时候，看到了老奶奶，她的脸冻得通红，手套也破了。

我多买了几个还跟她说不用找钱了，她却执意去旁边的KEDI（可的便利店）换了钱找给我，还对我说晚上一个人很危险，早点回家。

突然觉得这个世界真的很美好，只要我们还有能被感动的心。

人为什么要背负感情？是因为人们只有面对这些痛楚之后，才能变得强大，才能在面对那些无能为力的自然规律的时候，更好地安慰他人。

人为什么要背负梦想？因为梦想这东西，即使你脆弱得随时会倒下，也没有人能夺走它；即使你真的是一条咸鱼，也没人能夺走你做梦的自由。

为什么依旧要去相信世界的美好？因为我们都曾被这世界温柔地爱过。

BGM ♪ 五月天 《温柔》

Time would heal almost all wounds.
 If your wounds have not been healed up, please wait for a short while.

Lu
Kevin

你要去相信

没有到不了的明天

愿我能
一直
陪在你身旁

这世上总有一瞬间，
有海豚浮出水面，
有落日红霞遍天，
有彩虹兀自闪耀，
有繁星点缀星空，
绿意盎然，春风得意。

你在难过什么？

一.

你发现没有？
一个人的心情是一个周期，没缘由的开心自然有，没原因的难过也突如其来。
像那海浪拍打沙滩，潮起潮落永不停歇。心情好的时候大概过得很好，心情不好却跟生活没太大关系。
有时日落、有时黄昏、有时午夜，你便突然难过。

或许这样说也不够准确，大抵还是有些让你难过的事情。尽管你心里知道为这些事难过没有意义，可还是免不了难过。就像你身处热闹，却有那么个瞬间，免不了孤独。
免不了孤独，是因为没办法全情投入；没办法全情投入，是因为你的满腹心事，无人可说。

我们每个人都像是生活在机场到达的传送带上，你我都是各自打包的行李，藏着稀奇古怪的玩意，可始终匀速前进，保持着不远不近的距离。

情绪这事很古怪，你自己都没法琢磨，更难去分享。
我知道说起来矫情，可我知道，你到了儿时羡慕的年纪，却发现很难变成儿时羡慕的人。

或者说，想要变成儿时羡慕的人需要付出太多努力，你无法确定你能否在这条路上站稳。

有一天，我问你："你在难过什么？"
你跟我说："我也不知道。"
很多情绪夹杂在一起，你也没法用言语表达完整，只剩下词不达意。

二.

前天午夜，照例失眠，受不了北京骤降的气温，买了一张机票，说走就走。

安置好二筒，给它铲了猫砂，放了两天量的猫粮，想着它应该能把自己照顾得很好，便开始收拾行李。半小时不到，我便出了家门。
太阳还没升起，机场却人山人海。

我戴着一副大耳机，穿着蓝色卫衣和红色裤子，想让自己看起来喜庆些。随身行李只有一台电脑、两本书和一些洗漱用品。

我并没有准备攻略，我也不知道去大理能看到什么。飞机上有很多孩子，想必是假期结束要回家，我暗自希望他们不要在飞机上大吵大闹，好让我补充一下本就严重不足的睡眠。虽然我并不在意，但多少还是会在机场寻找一些独自旅行的人，遗憾的是我的这趟航班，似乎只有我是孤身一人。

想起很久以前我一个人去大堡礁，坐两个多小时的船去看珊瑚，那时我还太年轻，一门心思想体验一个人旅行的快乐。去了却没有太多所谓的快乐，没人可以说话，手机也没有信号，我似乎对风景也没有特别大兴趣，浑身不自在，却无处可逃。

那时大概也还是会羡慕那些有伴的人，你看他们或三三两两或成群结队，或情侣恩爱或家人陪伴，只有我是一个人。多多少少会觉得自己像个异类，人就算再洒脱，在某个时间段依旧无法掩饰对陪伴的向往。

最后呢？最后我已经不记得那次旅行到底怎么样了，却记得一个人在海边的小镇里四处游荡，只想寻找同样是孤身一人的人。

我想人多少还是需要安慰的。

就像你不见得会跟那些同样孤身一人的旅人说上一句话，但看到有人跟自己一样心里总还是会舒服一些。就像你不见得需要知道一个人全部的故事，但看到自己喜欢的东西他也同样喜欢着，总觉得是种安慰。

人生如果是一场漫长的颠沛流离，我们总希望这条路上有人陪着。

三.

落地大理时正值中午，我的酒店在洱海边上，离机场也很近。

你要去相信,
没有到不了的明天

天气正好,一个人办理入住,一个人出门拍照。实在觉得无聊,便去酒店前台让他们帮忙叫了辆车。接我的是一个当地的大姐,带着她 6 岁的孩子。我对这些并不在意,她倒抢着跟我解释,说孩子他爸忙着工作,没人带孩子,只好带着他一起出来,希望我不介意。

我摇摇头表示没关系,她也没再说话。

后来才开始攀谈,她说她有三个孩子,最大的孩子上初中,他喜欢画画。她说孩子向往北京,毕竟大城市,像我们这种三四线城市机会真的太少了。
她说包半天的车是一百块,然后不好意思地笑笑,说好像是有点贵,酒店抽三成的钱。
我有些好奇,问她,那你像这样一天能赚多少钱。
她说,几十块吧,还不错。

我扭头看着她的孩子,6 岁,皮肤黝黑,鞋子大概很久没换过。有些吵闹,一路玩着他的玩具,一辆少了一个轮子的模型车。也有安静的时候,一个人默默看着窗外发呆。我无从想象一个 6 岁的孩子在想什么,也不该揣测他们是不是像城市里的孩子一样,从小玩电子游戏。

不知道为什么觉得心酸,但又觉得不应该表现出任何心酸的样子,于是戴上耳机扭头看窗外,假装没有情绪。

到大理古城两点不到,人比我想象的多,也比我想象的嘈杂。

原本想好好拍几张照片，却实在是不想举起手机。转了几家小店，摸索着想找几家酒吧。这儿的酒吧，各个都有自己的标语，大多文艺，描绘着一个很好的生活状态。我想大概有人真的是觉得幸福，也有人只是用这些句子招揽顾客。每个酒吧都有一个驻唱歌手，无一例外拿着吉他，弹着民谣。

我并没有待太久，因为还要赶去双廊看洱海。
双廊离大理古城很远，两个多小时的车程。

开了没多会儿就到了洱海边，才知道去双廊会一路从洱海边开过去。

很多吉普车，很多旅客，大家都停在路边，摆着各式各样的造型。一开始觉得新奇，后来有些审美疲劳，加上没睡好，竟睡了过去。

醒过来快到双廊，下车第一件事是找了一家饭店吃饭。老板反复问我三遍，是一个人吃吗？你点的菜吃不完的。

我……我就点了两个菜一碗饭，为什么吃不完？是不是瞧不起我们这种身材好的瘦子？！

哼。
很气，拼了老命吃得一点汤都不剩，后果是绕着小镇走了两个小时都没有消化完。

你要去相信，
没有到不了的明天

双廊是个小镇，有很多客栈，但大多还在整修中，抑或是还没有开业，多少显得有些凄凉。幸好很多小路尽头便是看不到头的洱海，多少让人觉得开心。

四.

我喜欢看海的原因，我自己也说不清。

人们说海纳百川，大概是因为大海能够容纳所有情绪。我在海边遇到过依偎甜蜜的情侣、白发古稀的老人、一个大爷骑着快散架的三轮车卖着零食、一个姑娘在海边呐喊，细看才发现她泪流满面。

拍了几张有关洱海的照片，天色转黑，启程回酒店。
大姐问我，拍到好看的照片了吗？我点点头。她问，回去吗？我说回去吧，怪累的。

她饶有兴致地说："要不要再带你四处转转。"
我打个哈欠说："太累啦。"
她才不好意思地说："我觉得我没有带你去很多地方，有点不好意思……"
我赶忙说："有什么不好意思的，没关系啊。"

我突然想起来，我为什么热爱大海，热爱旅行，热爱日出了。
即便旅行不如人意，或者说百般辛苦，我也会在看到大海或日出的瞬间，觉得值得。

Lu
Kevin

因为这些东西能够提醒我，这世界上有远比你宏大而美好的东西。所有的烦恼，不见得能解决，也不见得能忘记，但你要知道，这世上总有一瞬间，有海豚浮出水面，有落日红霞遍天，有彩虹兀自闪耀，有繁星点缀星空，绿意盎然，春风得意。

它们并不是为了你存在的，不管你来不来，它们就在这里。这世上还有很多美好的事情，它们并不是为了你存在的，你需要去追寻。希望是一件好事，好的事情永远不会消亡。

就像那不为你存在的风景，它永远在那里，你要做的，就是在一个恰当的时刻，出发，到达。

我并不是说你要把心态的改变寄托在风景上，而是你一路走来，终于看到那风景的瞬间，你会觉得果然只要你想做，有些事情还是做得到的。

一个人生活，或者一个人出发，在开始时或许别扭，但你会习惯的，然后发现自在。

当然也期待有个人陪你看细水长流，但这并不妨碍你一个人去看该看的风景，去该去的地方，做该做的事。你依旧可以等日出，你依旧可以看星空，读书睡觉吃饭旅行打游戏。

并不妨碍，更不冲突。

你要去相信,
没有到不了的明天

五.

你发现没有?

很多事情,并没有想象的那么简单,也没有想象的那么难。

真正困难的是,你刚出发的那一刻。你忐忑不安,你不知道自己能去哪里,你不知道目的地在何方,你甚至不知道自己的出发是对是错。于是你犹豫纠结,自我矛盾,像是一个人刚开始旅行,原本是为了去另外一个世界看看,出发后却想逃回原本的世界里。

人们害怕改变,却无时无刻不在改变。

时间并不会为你停止,你也不可能永远停留在原地。你必须出发,你必须前行,否则就会被时间的海所吞没。哪怕步步前行,步步胆战,步步难过,步步想回头,你也得往前走。

往你想要的地方走去,往世界的深处走去,往路的前方走去。云和海连成一线,风和酒掩埋你的影子,时间从不休息,万物从不静止。而你的难过,像是时针转了一圈,免不了转回原地。但其实不是的,时针转了一圈,其实是往前转动一小时,停留在原地的,只有你。

其实我知道你在难过什么。

Lu
Kevin

其实我不知道你在难过什么。
其实我不知道在这个速食的时代里,你是否还能看到这里。

但我依旧想告诉你。

这世上有千万种生活,出去看看不是为了逃离现状,而是让你明白你看大家都有各自的困扰和生活节奏。我们会觉得世界是一样的,其实不是,我们在一个地方待久了,常忘了当初来的理由。我们说着不要改变,其实在不知不觉中已经改变。只不过这些改变太过细微,又或者日常,等你反应过来,你已经向着你讨厌的方向一路飞奔。

出去走走,并不见得有那么大的功效,但能让你修正自己,让你鼓起一些继续好好生活的勇气。即便不知道难过什么,也要鼓起力气往前走。

所有的黯淡都留在冬夜里,当春天到来时你就该苏醒,所有的明媚都从此刻起。你看水秀山明,阳光万里,世界逐渐放晴。

日历一页页翻过,所有的过去都在远离,所有的未来都在靠近。
记得的用心记得,遗忘的安心遗忘,每件事用心去做,你还要去看那阳光万里。

那,你还难过什么?

BGM ♪ 朴树 《清白之年》

年轻时的我们都不是最好的，因为太过用力，
又或者太过随意，找不到这两者之间的平衡点。

于是不经意地伤害别人，
于是不经意地苛责他人，
于是不小心地弄丢朋友。

后来的我们，就这么再也没见过。

后来的你们，还好吗

Lu
Kevin

一.

你发现没？
在我们还拥有的时候总是学不会珍惜，等终于知道要珍惜了，却已经错过了。
有时我在想，人们是不是永远学不会珍惜。学不会的，因为拥有的时候总有恃无恐，以为天亮了还能重逢，从没想过有些人在天黑时就走了。

再也没有联系。

少年时没说再见的分别，青春里不得不放下的感情，还有成年后时时刻刻的孤独感。
这三个阶段少了任何一次，都不算完整人生。

上学时有个同学被所有人嫌弃。

他父母离异，跟妈妈住在一起。一个月也不换一双鞋，头发也不知道多久理一次。几乎没有钱交学费，全靠小镇里的补助，校长不喜欢他，班主任不喜欢他，同学也不喜欢他。

你要去相信,
没有到不了的明天

他每天也不干正事,成绩永远是班里的最后一名。老师有次发试卷,用害群之马形容他,他也没有生气,只是变本加厉,原本还认真答几道题,现在乱涂乱画;原本上课时也假装在听,现在干脆呼呼大睡。同学们也逐渐肆无忌惮,原本背着他说坏话,现在只要他路过,就提高音量,那些话就是说给他听的。

终于有天他爆发,跟我们班另外两个男同学扭打在一起。

班主任不由分说,拎着他就往校长室走,另外两个男生一点事都没有,只换来一句"你们少跟他扯上关系"。一小时后他回到班级,眼圈红红的,什么话都没说,走回了班里最后边的座位。

其实我知道他们为什么打架,因为那两个男同学说到了他妈妈,说他妈妈每天半夜不回家,不知道在外面做什么。

话很难听,可说话的人毫无察觉,甚至扬扬自得。

后来我去收作业,走到他身前,班里有同学起哄,说反正他也不会做作业,收他的练习册干吗?他什么也没说,把作业本往我身上一摔,拎着书包逃课了。

我偷偷打开作业本看了一眼,里面是他认认真真解题的痕迹。
我才明白,其实很多题他都会做。
我想我应该说些什么,可想起班里同学的眼神,最后我什么也没说。

我最后一次见他，是那年暑假。

他家跟我家离得很近，在街角遇到他。我犹豫了一下要不要跟他打招呼，他却叫住了我。

他说他可能要搬家了。

我没有回话。

他说："你是不是也很讨厌我？"

我心虚地说："没有没有。"

他轻轻推了我一把，说："谢谢你每天还会来找我收作业。"

他冲我笑笑，转头就走了。

到家我妈喊我吃饭，跟我说街角那户人家要搬走了，边说边叹气，单亲妈妈真的不容易，镇里的厂开不下去了，她的工作也没了。听说她每天第一个去最后一个才走，也没什么用，他们可能要搬回安徽了。

我那时还小，安徽对我来说是一个极其陌生而又遥远的地方。

开学后我果然没有再见到他，班里同学好像都松了一口气，老师的心情甚至都好了起来。很快我再也没有听到任何一个人谈起他，仿佛这个人从来没有出现过。而我也很快记不清他的脸，甚至忘记了他的名字，只记得他姓孙。

后来所有回忆都模糊一片，只剩下他那天对我说的那句谢谢，和那次回班级时好似哭红的双眼。

你要去相信,
没有到不了的明天

后来的你,还好吗?

二.

我的另一个好朋友刘女士在两年前分手了。
两个人分开,总有一个还念着对方。

刘女士是没有放下的那个。
她家有一个盒子,里面放着各式各样的东西,他们曾经一起看电影的票根,他第一次抓到的娃娃,第一次约会时他送她的卡片,第一次一起看周杰伦演唱会时用的荧光棒……她都还收着。
还有一个石头,看起来平淡无奇,她偏说是心形的石头,是他们一起在海边花了整个黄昏找到的。我虽然看不出这是心形的石头,但看她视若珍宝的眼神,假装看出来了。

他们曾经是真的想一起好好过日子。
他们一起租房子,一起布置家,一起装家具到半夜,她也心疼他给他捶肩;他们描绘过一起的未来,要两个孩子,养一条狗,互相吐槽说怎么才刚开始,就计划完几十年后的生活了。也不是没有真的为生活努力过,一起吃过泡面,一起挤过公交和地铁,也像电影里一样为了省钱不打车,走六公里路走到半夜才到家,两个人都气喘吁吁说要过上好日子。

可没有结果。

她说，他以为我想要过的是好日子，其实我要过的是有他的日子。我知道他未来一定会长大的，可我没有时间去等他长大了。

我问她，后悔吗？

她摇摇头说，有时也会觉得有些遗憾，但转念一想似乎没有什么好遗憾的。如果让我再来一次，我还是会这么选。我只是觉得毕竟曾经陪伴过很长一段时间，希望他现在过得好一些。

我常觉得我是一个幸运的人，因为我认识的人都很善良。

是那种即使分开了，也会希望他一切都好的善良。或许大家都真诚地陪伴过，所以分开后也不扭曲，在这个浮躁又健忘的时代里，还能弯弯曲曲地开出一朵花来。

日子依旧平淡如水地往前流淌，一个人背着的所有往事都会沉淀下去，缓慢地放下。可还是会在某个四下无人的夜里想起曾经一起陪伴过的日子，或许也会有些许的怀念，但更多的是怀念过后的期许，期许离开的那些人，能够过上想要的生活。

那是在人们离开你之后，你唯一能做的事，微不足道但很重要的事。

虽然我们无法得知，后来的他过得怎么样。

三.

很多人原本不该跟我失去联系的。

或许只有我是这么想的，又或许我们都是这么想的，可又无能为力。

记忆里的夏天，是跟小伙伴们一起轧马路，走遍整座城市，是跟他们一起唱歌 high（兴奋）到哑，然后凌晨吃那个路边摊。是大雨是蝉鸣，是即使眼前有一场大雨我们狼狈不堪，也能笑着吐槽彼此的真开心。

可不知不觉我的夏天只剩下蚊子。
我越来越宅了，我越来越不善交际了，这是我意料之外的事，却也习惯反倒自在。朋友圈相对固定，让我觉得无比安全。
难过的情绪没有必要跟那么多人说了，但好在真的撑不下去的时候，还能跟那么几个好朋友互诉衷肠。那我多么期望，这样的人还能留在我身边。

我想我多少学会珍惜了。

可免不了在成长之前就弄丢了很多人，我甚至不知道他们现在在哪里。
年轻时的我们都不是最好的，因为太过用力，又或者太过随意，找不到这两者之间的平衡点。于是不经意地伤害别人，于是不经意地苛责他人，于是不小心地弄丢朋友。
后来的我们，就这么再也没见过。

在生活中，我们大多数人，要见曾经陪伴过却错过的人，只能乘记忆的时光机，别无他法。

有时我也在想为什么陪我们走过颠沛流离的那个人，不能一起走到最后呢？
或许我们透支了所有的好运气。

该说的，到这里就够了。

该懂的人，一定会懂的。

我们的以前，还存在着；我们各自的以后，也还会精彩着；但后来的我们，再也没有了。

但我们曾经也真的快乐过，也有那么一次看到过地老天荒，也足够了。

在曾经最难熬的日子，你曾经陪伴过我，那么谢谢你出现过。后来的我不知道你去了哪里，原谅我只能在心底跟你说一句抱歉，只期待后来的你能快乐，有人让你不再颠沛流离。

如果你能看到这篇文章，告诉我，后来的你，还好吗？

BGM ♪ 五月天 《后来的我们》

我们还能看到被落日染得通红的晚霞，
我们还有在船边一起喝酒的朋友，
远方还有那蔚蓝的大海，
即便在黑夜中这蓝色消失不见，
第二天的清晨也会出现，
再次唤醒它。

这世界很慌张，
你要找到
从容的力量

Lu
Kevin

一.

有一个地方,有最蓝的天和最蓝的海,有这世界上的第一缕阳光。
因为是最蓝的天,所以有最洁白的云;因为是最蓝的海,所以有最清爽的风。晨时阳光铺满港湾,雨时绿色缀满倒影,你要在这里,跟爱的人,一起写一首情歌。

这段话,是我在甲板上看日落的时候突然想到的。
那天我们追逐日落,从港口一路出发,天却分成两种颜色,前方是碧海蓝天,背后却是乌云密布。向遥远的地方看去,可以很清晰地看到晴雨的分界线,并不是前后对比明显,而是我一眼看到了那只有一半的彩虹。从遥远的山间升起,在最高处戛然而止。

看得出神,回过神来彩虹已经落在了后头。

我们继续奔向日落的远方,其实我很害怕看日落,就像我害怕天黑的每个瞬间。日出的幸福感,来源于一天的开始,和万物复苏的生机,其实我找不到日落的幸福感。

我害怕日落,我害怕天黑,因为我害怕明天醒来之后,原本在我身边的突

你要去相信,
没有到不了的明天

然消失不见,就像戛然而止的彩虹。或许我天性悲观,总觉得太幸福的日子,也存在着一些不安定的因素。所以我才一遍遍地睁眼到天亮,确认它们还在我身旁,我才敢安心睡眠。

我害怕很多东西,我害怕亲人的离去,我害怕朋友的冷漠,我害怕恋人的眼泪,我害怕时光一去不复返,我害怕很多地方我还没去,就再也没有力气。喜欢是我的原动力,害怕却是添火的那块柴,我如此害怕,所以我拼命奔跑。

所以在很长一段时间内,我都没有在平静中找到幸福感。

就好像每一天的日落对我来说,并没有什么特别的意义,只不过是一个提醒,提醒着我又过了一天,我还是哪里都没去,我还是什么都没做。

二.

跟我一样害怕天黑的人,还有很多。
比如楠楠。

楠楠的胆子很大,大到一个人去冰岛,一个人高空跳伞也没什么可怕。
楠楠的胆子很小,小到必须开灯睡觉,小到自己的东西被别人抢走,也不敢吱声。

前男友离开的时候，明目张胆地带着另一个人，手上是情侣戒指，脖子上惹眼的"草莓印"。另一个人拉着他的手，幅度夸张地前后甩动，仿佛在宣示主权，趾高气扬。她却低着头不说话，没有挽留也没有流泪，没有歇斯底里，也没有扭头就走。直到前男友的身影远去，她才默默地蹲了下来。

从此朋友聚会，都尽量避免他们同时出现。偏偏有个不开眼的，同时叫上了他们。

三个人在一个酒桌上遇到，楠楠没有化妆，现任却花枝招展，笑颜如花地依偎在前男友身旁。他们正坐在楠楠对面，一举一动毫无避讳，映在她眼里，刻在她心里。

酒足饭饱，大家开始闲聊，刻意又客套地说话，小心翼翼维持表面的和谐。前男友大概不想面对又或者是于心不忍，灌了自己几大杯，此刻正趴在桌子上。现任突然站起来给大家一一敬酒，说要送他先回去。又说自己年纪小，可能今天有所冒犯，还请大家多包涵。

有人说，没事没事，年纪小也挺好的。

她哈哈大笑说，倒也是倒也是，总比30岁好哦。

那一天楠楠刚过完32岁生日。

原来前面的客套是为了后面的铺垫，原来她内心是如此得意，抢了人还要补一刀。

你要去相信,
没有到不了的明天

楠楠没说什么,眼神躲闪,脸上挂着一个惨淡的笑容。

而那个以前会护着她的他,靠在另一个人的肩膀上。

三.

大连的海边,是他们第一次相遇的地方。
楠楠坐在沙滩上吹着海风,有一个人走过来坐在她身旁,问她,为什么喜欢看大海。
她说,因为浪漫。

她原本不爱跟陌生人说话,也最讨厌路人的搭讪。
为什么偏偏要回复他?

四.

要过很久,我们才能回归平静。
要过很久,我们才能不去纠结那原本就不存在的缘由。

时间改变的不是事情本身,而是我们对待事情的感觉。就像小时候看大海感到的是热烈,是壮阔,是那一望无际的海天一色;就像热恋时看到的大海是浪漫,是蔚蓝里的一抹艳阳,是洁白如白云的美好;而另外一些时刻的大海,是孤独,是寂静,是潮落潮起的反复,是一望无际难以描述的感觉。

我在海边时，信号不好的手机中收到楠楠的信息，她说我敢一个人再来看海了，海真美啊，我为什么要为了一个人放弃大海呢？
信号很差，回复的信息发不出去，杨晗递给我一瓶啤酒，手指着正前方，说，喏，日落啦。
我突然觉得安心，我总是害怕会消失的那些东西，我害怕明天起来那些我无法掌控的事再次发生，无法掌控的人再次消失，我却忘记了自己还拥有什么。

我们还能看到被落日染得通红的晚霞，我们还有能在船边一起喝酒的朋友，我们还有蔚蓝的大海，即便在黑夜中这蓝色消失不见，第二天的清晨也会出现，再次唤醒蔚蓝的大海。
日落日升，我们习惯日落，因为天黑后还能有灯；我们终于关灯，是因为第二天太阳照常升起。那么人生的隧道，还会再来，但火车依旧向前，载着前行的人。

无论你走到哪里，回忆都是跟着你的影子，无法回避；像潮起潮落永不停歇，你要做的不是抗拒，是把它们放在合适的位置，眼光向前。

我们的路，是从我们的现下延展出去的，只要你能看到眼前的路，你就有必须要去的远方。
终有一天，你要来到这个海岛，在这里听到海浪的声音，感受着海风的呼吸，在太阳升起时起床，在太阳落下后歌唱，跟你爱的人，或者跟你最好的朋友，或者你一个人，在平静中找到热烈，在热烈中归于平静。面朝大

你要去相信,
没有到不了的明天

海,春暖花开。

这里有最蓝的天,和最蓝的海;这里有全世界最初的日升,和不变的夏季;这里有最好喝的啤酒和最棒的可乐,空气里一个个的气泡,映照的是最清澈的你。

BGM ♪ Yinyues & Mimi Page *Everything*

热血只有三秒,
事事半途而废,
还假装自己努力过。
却从没想过刚开始努力一下
和把一件事坚持下去,
完全是不同量级的两件事。

我们为什么要坚持?

你要去相信,
没有到不了的明天

一.

你是不是有很多爱好,却没有真的坚持过?
或者说是每一年的伊始,你都给自己定了一个长长的计划却没有实施过?
每一年你都会在心里祈祷,新的一年对我好一点。我们被动地告别,我们被动地开始,于是我们重复,日复一日,年复一年。

很长一段时间内,我似乎总是陷入在这个怪圈中。
雄心壮志的开始,变成说说而已的放弃。鼓足了劲跑了两步,不知道什么时候变成走的,最后停留在原地,找了个草坪躺了下来。
本来对自己说,只躺一会儿,却没想到二月就这么消失在雨里,三月带着风迫不及待,五月的露珠眨眼消失,八月的可乐气泡破灭,十月的枫叶落了下来,一年的日历迅速翻页。
如同过去的 2016,你的 2017 好像也哪里都没去。
那么 2018 呢?

很久以前,有一天我在悉尼,悉尼有一个环城轨道架在城市的上空。那天我坐在车上看着整座城市,恰好下班高峰。你可以很清楚地看到人群的方向,或有人三三两两嬉笑打闹,或街头艺人开始准备歌唱,或西装革履公文包向车站走去。那一刻我感受到了时代的脉搏,是的,我也在这样的脉搏中。

你可以清楚地感受到时代的发生,就在我们的周围。就像你如今的生活一样,你可以清楚地感受到人群的走向,我们一并构成巨大的时钟,小部分人构成时针,一部分人构成分针,而我们跟大多数人一同,成为这个时钟里最渺小却又最忙碌的存在——秒针。

有时我觉得热情澎湃,有时却又觉得无力。
好像我们每个人都会淹没在时代的洪流里,大多数人只是秒针背后的影子,忙忙碌碌,匆匆忙忙,变成跟着时光走的微尘。

是的,那一瞬间,我害怕成为跟着时光走的微尘。
我害怕的不是被时间带走,而是什么都没做,还没想通自己到底要什么,还没搞懂自己到底是谁,就已经被强加上标签,跟着洪流到了一个自己根本不想去的地方,却没有办法逃脱。

那一瞬间,我告诉自己,我要变成扎根的树。
我要变成扎根的树,绝不随着河水漂流。我要用自己的力量站稳,风吹来也不摇晃,直至我失去所有力气。

二.

我之前总是在等。
把梦想留在将来,把旅行留在明天,把要学习的事交给以后,把朋友相聚留在下次。将来,明天,以后,下次,通通是未来的事,我从没想过,现

你要去相信,
没有到不了的明天

在的我应该做什么。我似乎把梦想当成了一个水到渠成的事,只要长大,梦想就能实现,我坚信我可以去想去的地方,听自己想听的演唱会,可以跟偶像同台。我又说不清,这到底是我对未来的乐观,还是对梦想的逃避。

所以很多想做的事,从来没有真的去做过。
热血只有三秒,事事半途而废,还假装自己努力过。却从没想过刚开始努力一下和把一件事坚持下去,完全是不同量级的两件事。
梦想不是乘上火车就能到达的目的地,而是一座你必须要去攀登的山峰。

把一件事情坚持下去。
可我们常常坚持几天之后就自动放弃了,我想是因为我们没有办法马上看到回报。
一件事没有办法马上看到回报,自然让人失去动力。人们之所以可以乐此不疲地玩游戏,是因为你的所有投入会即时或者几分钟之后就给你回馈。打得好了就能赢游戏,自然也能很明显地察觉到打得不好的部分。
可诸如读书或者健身这样的事,我们没有办法马上就得到回报。读完一本书,到底能给你带来哪些改变呢?仔细想想,或许没有。我们总是如此地期待一本书可以改变我们的人生,改变我们的心态,可又总是发现我们的人生依旧如此,并没有什么改变。
健身,没几个月根本看不出来效果,读书也是如此,你在梦想这方面的努力也是如此。

如果不坚持那么几个月,你压根不知道自己行不行。

才能固然重要,可我们中的大多数压根还没有轮到才华的考验,就已经在半路上放弃了。

就好像攀登一座山峰,你还没有用到所谓的登山技巧,就已经在山脚下放弃了。

那扇大门没有打开,是因为我们从来没有真的走到那扇大门面前。

于是怨天尤人,抱怨老天为什么没有给我们机会,从此变成一个恶性循环,等到你醒悟过来,我们已经错过了山峰,眼前再也没有想要欣赏的风景。

三.

我不怕翻山越岭,我怕的是一眼看得到头的人生。

就好像生活在一个牧场,风景固然美丽,也有地方可以躺着看星星,可牧场永远是这样,看不到山河湖海,看不到小桥流水人家。

这些年,我最开心的事,就是见到努力改变自己人生的那些人,真的因为坚持过上了自己想要的人生。他们或许跟我一样来自一个小城市,摸爬滚打,在另外一个城市生活。并不是想要赚很多钱,只不过为了证明自己不用看父母脸色,也不用每天喝到反胃,也一样可以生活下来;他们或许也是你,正在学习,想着去看看世界有多大,因此默默承受所有代价,哪怕代价是巨大的无聊和孤独;他们或许还是这样的一群人,刚入职场,小心翼翼,认真学习,不敷衍每一份工作,抓紧一切机会提升自己。

你要去相信,
没有到不了的明天

很多事情,总是现在做来痛苦。就像上面说的,我们能实现梦想的那一刻,倘若真能实现的话,必定是在未来的某个瞬间。而为了到达那个瞬间,我们必须做很多看来无趣,又很烦琐辛苦的事,而这些事往往短期内不会有特别大的回报,它们的价值都需要一个契机,才能展现。

有人问,只是为了一个契机,就要坚持做一些枯燥又痛苦的事,值得吗?
值得。

因为我们都不知道未来会发生什么。
你怎么知道三年后的你,是不是有一个出国留学的机会,却仍为了成绩头疼?你怎么知道现在苦练唱歌的你,不会在一次聚会上因为唱到了一个姑娘心里,从此开始一段完美的恋情?你怎么知道几年后的你想要跳槽,却被"英文水平"挡在门口?

我们不知道,所以我们能做的,只有尽可能准备自己。
从现在开始,做你必须要做的事,做你想要做的事,分割你的时间,投入你的时间,全神贯注,贯彻始终。不去想因果,喜欢便是因,坚持必有果。

我想这便是我们要坚持的理由。

BGM ♪ Switch godLe$ *Merry Xmas/Marry me*

一个人一辈子
如果只能选择一种人生，
那一定要选择自己喜欢的。

再多的那很好，
也抵不过我想要

你要去相信,
没有到不了的明天

一.

我最近越来越习惯一个人生活了。

除去上班的时间,每天晚上到家我会先把电视打开,泡一杯咖啡,然后看一部电影。(是的,我每天到家之后都没有办法马上睡觉。)看完电影,咖啡也正好开始发挥功效,我就开始给自己做饭。(是的,我每天12点左右一定要吃东西。)吃完饭跟我家猫玩一会儿,就会坐到书桌前读书,或者写文章,连社交软件都很少打开。

我妈自然是知道我这样的生活习惯,一面担心我的身体,一面又担心长此以往我会没有朋友。

虽说我算不上善于交际,但并不内向,基本的社交准则也都懂得。我选择这样的生活,其实是因为我疲于应付各式各样的人。年龄越大,越不想去应付了。我身边自然有各种各样的人,时常见面,也会说上几句话,可我对社交这件事总是持怀疑态度。
或许是一种自我保护意识,但更多的是我能够在寥寥几句交流中,就看到我们未来是否能成为好朋友的可能性。
遗憾的是在大多数交流中,我看不出这样的可能性。

Lu
Kevin

有些人一开口就攻击性十足，或许他也不是有意的，可多少让人不舒服；有些人则让你觉得浑身负能量，犹如黑洞，把你所有的正能量都吸收得一干二净。他们不是在聊自己，就是在不停地抱怨，抱怨生活抱怨感情再抱怨生活，永远是一个圈，怎么也跳不出去。聊自己的，总是在不停地说自己过往的经历，字里行间都在表达自己很厉害的意思，可又说不出更多的故事和观点，最后在一两件事上循环反复，多少让人觉得无聊。

我深知自己也并不是那种让人觉得有趣的类型，毕竟我所了解的话题并不多，能深入交流的也不是大多数人感兴趣的话题。于是在形形色色的社交场合中，我便不自觉地沉默。

我自然能跟好朋友在一起谈天说地，也可以跟他们一起无厘头地哈哈大笑，可一旦进入陌生人居多的社交场合，我的开关就会转到沉默的方向。大多时刻我安安静静，坐在角落里点头附和。

我妈常说，你知道到了社会里朋友越多越好吗？
我说，我知道这个道理，可我没办法跟他们一样啊。

我一个人离开家乡，在北京漂泊，找到了一种属于自己的生活方式。
自然有时孤独，有时也必须一个人面临生活的困扰，可我宁可麻烦自己也不要麻烦别人，是因为我觉得这样的生活很自在。
舒服自在的生活是我一直在追寻的，哪怕代价是时而的孤独，我也接受。
更何况，我也有能让我觉得舒服自在的朋友，只是我们不常聚到一起，导致我们看着像孤身一人而已。

你要去相信,
没有到不了的明天

但不是的。

我刻意避免不必要的交往,丰富自己内心,终究是为了能找到交心的朋友。

一个人生活的麻烦是找不到人跟你说话,幸运的是当我实在撑不下去的时候,我的朋友就在身边听我废话,这样的朋友不多,但有三五个已经足够。

二.

我妈担心我情感上的困扰,我爸担心我生活上的困扰。

我们打电话的时候,他总是会时不时地冒出一句:北京好吗?

他的论点总是无懈可击,比如北京的物价,比如北京的生活压力,比如北京的空气质量和幸福指数,都远远比不上我的家乡。很多北漂的问题是回不去家乡,回到家乡便毫无前景,我并不存在这些问题。

说来矫情,或者也有些傲娇,但我在家的确能找一份看起来更好的工作,直观上会有更高一些的薪资回报,另外离家近,父母就在身边。如果我们回家了,或许很多感情问题也会迎刃而解,背负的压力也就不会这么大,那么也就不用凌晨还在工作,为一个细节绞尽脑汁,或许很多年轻人也就不会再有脱发的问题。(这个问题很严重!)

很多的道理摆在面前,我们真的不懂吗?

其实我们懂的。

你知道他们的所有顾虑,你甚至也认同他们的部分看法,你也知道怎样生活更舒服。

但你想要的是另外一种生活，你想要更大的自由，你想要每天充满挑战性，你想要每天过得充实，至少可以看到自己在一步步地往前走。一眼就能望到头的生活固然安逸，但你暂时还不想要，你想要新鲜感，想要感受到自己的热血，想要找到属于自己的价值。

虽然你的梦想常常让你鼻青脸肿，让你摸爬滚打，甚至只能鞭策你走很短的一段路，你也一样选择往前走。

在某个年纪里，权衡利弊都比不上一句我喜欢。

所谓的年轻，或者豁出去的决心，便是我们每个人的护身符。

我曾经也抱怨过。

比如我还在为了出书四处投稿碰壁的时候，一个小伙伴已经顺风顺水写完了第三本书；比如在某个时刻发现自己其实并没有那么多所谓的天赋；再比如选择漂泊之后突然发现自己并没有准备好。

长大的标志有很多，其中之一是发现了自己的某种局限性。

我终于坦然接受了很多事实。

比如我的精力只够专心做一件事，我也曾想要在很多事情上很多场合里游刃有余，幻想着晚上去跟朋友 high 翻天第二天还能精神百倍地工作。我终于承认，如果我想要做好一件事，就必须要全身心地投入，甚至牺牲掉很多跟朋友聊天的时间。

我所有的天赋，都是用时间换来的。

你要去相信,
没有到不了的明天

然后呢?
然后我终于学会不抱怨了。
捷径怎么走,又何尝不知道,只是做不到。
就好像很多人很多事你都能理解,你甚至能够设身处地部分赞同他们的做法,但你变不成那样的人。

我理解你,但我不打算变成你。

三.

也因为年纪越来越大,不可避免地被追问感情问题。
朋友介绍,父母着急,跟同龄人比起来,我的确像是慢了半拍。
朋友圈的状态分成两拨,单身的晒猫,有娃的晒娃。很多朋友的微信头像改成了自己的孩子,而我的微信头像,是自己的猫。

过去的几个月,我收到了好几份电子请柬,朋友们都逐渐走进婚姻殿堂,也难怪我爸妈会着急。可有时跟朋友聊天,总觉得哪里不对。
比如"我觉得她挺好的,没什么坏毛病",比如"她没有什么让我讨厌的地方",比如"相处了一两个月,觉得还可以"。
诸如此类,我知道哪里不对,可又没有立场去说什么。每个人都选择了自己的人生,只要他们自己觉得好,作为朋友,支持就可以了。

这些话到底哪里不对呢?

不对在于从头到尾，他们都没有说"我挺喜欢她的"。

倒不是自视清高，只是想想未来几十年没有什么话聊，或者是两个人之间没有一点热情，也是有点可怕。

我不追求多么完美的生活，因为完美太难，近乎没有。但我还是无法放弃"我喜欢"这三个字。

我知道你的生活里肯定有人这么跟你说过。

"哎呀，这么努力何必呢？"

"有什么好坚持的，日子怎么过还不是过吗？"

"将就将就又不会死咯。"

"你看看你努力这么多年，不还是没人要。"

"我跟你说啊，你看这个人性格也不错，蛮老实的，工作也挺稳定，有什么不好？"

我一直庆幸，对我这么说过的人，并没有改变我的想法。我遇到了很多很好很好的朋友，也做着自己喜欢的事。忙碌归忙碌，痛苦归痛苦，但乐得自在。成熟稳重也孩子气，跟猫说话也很专注。心里永远住着屠龙的少年，跟世界大战八百回合，也不抱怨，只是擦擦汗水，说我们再来。

我不知道自己能战斗多久，但这战斗的感觉还不错。

一个人一辈子如果只能选择一种人生，那一定要选择自己喜欢的。这么说

你要去相信，
没有到不了的明天

多少有些不负责任，因为我知道选择自己喜欢的人生需要面对多少阻力。可如果你依然会被那些热血打动，被那些认真努力过着自己想要的人生的人打动，你就应该知道在某个深夜，你会被热血激起热情。痛苦的不是你没有热血了，痛苦的是你还有热血热情的时候，却自己选择放弃，从此过不踏实安稳的日子，也无法追寻想要的生活。

不上不下、不左不右的生活最难熬，我想你知道这一点。
你被什么打动，什么就是你的命，就算暂时欺骗自己，你也无法压抑内心的热情。
那是你的命，是你要去追寻的东西，是你要尝试过才心甘情愿放弃的东西。
那么你是否还向往星空，是否还想奔向那山顶？那别出发前就放弃啊。内心的渴望是永远不会消失的，它只是逐渐放下，可放下的方式只有一种，那便是豁出去努力过。

"你说的权衡利弊我都知道，可我不想要。"
就是这么酷。

BGM ♪ 周笔畅 《用尽我的一切奔向你》

很多时候不是忘不掉回忆，
而是你自己还没有准备好，
没有准备好和过去的自己好好道别。

我们很早
就分开了，
但一直
没有学会告别

你要去相信，
没有到不了的明天

一.

半夜突然想喝饮料，等外卖都等不了的那种想喝。穿了件短袖出门，本以为不冷，一阵风吹来我还是打了个冷战。便利店旁边坐着一个姑娘，穿了一条裙子，看着都冷。等我走近了一点才发现她在哭，一个人对着电话说，为什么这么多年了，我还是忘不了。

我想着应该给她买包纸巾，等我买完零食饮料和纸巾，姑娘已经不见了。我本来想对她说，哭没关系，记得擦干眼泪就好。

六年前，也有一个姑娘这么坐在台阶上，止不住地发抖。
她深夜开车，过桥时轮胎打滑，车失控撞向桥边的柱子上。好在车速不快，运气也足够好，才没有连人带车翻下桥去。

她颤颤巍巍地掏出手机给我打电话，语气里是藏不住的颤抖："老卢，我……我出车祸了。"
我吓得不轻，立刻从床上蹦起来，用平生最快的速度赶到她身边。
到了车祸现场，我看了眼情况，放下心来说："还好还好。"
她惊讶又生气地说："老娘出了车祸还好个屁啊好。"
我拍拍她的头说："还好还好，车坏了可以修，人没事就好。"

她眼泪止不住地往下掉说:"我都出车祸了,他为什么也不来看看我呢?"
我知道她说的是谁。

二.

有天王小雨没忍住,跟我说:"你要不听一下我的故事?"
自从我写作之后,但凡我朋友给我讲故事,都非要我写下来。我赶忙拒绝:"不听不听,王八念经。"小雨说:"从此我叫你朝阳区刘昊然。"
我是会被这种称号打动的人吗?没错,我是。于是我说:"你先给我改备注然后发个朋友圈。"

小雨说她有很多人追,毕竟貌美如花能言会道还会打游戏,还特别厉害。
我打住,说:"你不要借着故事的名义夸自己,再这样我可就走了。"她拉住我说:"别别别。"接着我就听完了她的故事。

她大学时被一个学长迷得七荤八素,就是那种篮球打得好长得好看,还会弹吉他,嘴上还念叨着梦想的学长。她说他比她身边所有的男性朋友都成熟有魅力,她第一眼就沦陷。
我说:"小雨你拉倒吧,你沦陷的是脸。"
她没有反驳,看起来是情绪到了,接着说,有一天她想表白,想了一大串的话,都是题外话,从她早上起床遇见小猫开始说起,说着说着她突然冒出一句你愿意做我男朋友吗?她说这样如果他没回应,就可以假装他没听见。
学长说,愿意。

你要去相信，
没有到不了的明天

我说这梗我总觉得在哪里见过，她说这就是我的表白方式，其他人都是学我的。我无意深究，问表白成功的感觉怎么样。她说那个瞬间她脑海突然出现一幅画面，夕阳西下，金黄色的阳光洒在两块……墓碑上，墓碑上是他们的名字。

我大惊说："你当时想的居然是这些？"
她说："是啊，不然呢？"

接着她说了很多他们恩爱的细节，我一个单身狗并不想把这些写下来，主要也是为了看到这个故事的你着想，如果你也是单身狗呢？我们要保护单身狗！
小雨一直没有要过学长一分钱，没有要过学长的一个礼物，虽然她也会在看到别人收到礼物时觉得嫉妒，但她觉得学长的事业刚起步，作为女朋友她应该支持应该包容，甚至还自己省吃俭用给了学长五万。
学长拿到钱之后便消失得无影无踪。

人与人之间的联系有多脆弱呢？
脆弱到只要对方不玩手机，你竟然就找不到他了。
小雨这段感情如同网恋，回顾起所有的细节，她竟然没有见过学长的朋友。

她就此被单方面分手，感情要不回，债也要不回，人财两空。
那是两年前的事情。

我看着小雨的短发，又想起几年前她信誓旦旦地说不会剪头发的模样，心想小雨是真的爱过他。因为在我看到她剪短发的第一天，她笑颜如花地说，我男朋友喜欢我短发的样子，你觉得好看吗？

我男朋友喜欢我短发的样子，我男朋友喜欢我陪他打游戏所以我要先走了，我男朋友可喜欢NBA了我要去搞个詹姆斯的签名，我男朋友工作很忙不能陪我，没关系的。

我想说，小雨你没发现你每句话的前缀都是他，没有你自己吗？

三.

那段时间她没了车，只好靠我们这帮朋友接济。

有天包子也在车里，对她说："小雨，你的车什么时候修好啊？"

她说："不修了，我不想再开了。"

包子说："也好，你别开车了，少一个马路杀手，胜造七级浮屠。"

她用力敲包子的头说："你说什么？"

包子捂着头说："女侠我错了，那你说你车技也没问题，你怎么就撞在柱子上了呢？"

小雨正色说："你知道有一种心理现象吗？就是有的人是不能三心二意的，就像他们不能一边听歌一边读书，不能一边聊天一边玩游戏，不能一边吃爆米花一边看电影。"

包子疑惑地问："是吗？我看你玩《英雄联盟》的时候还能吃薯片呢。"

小雨说:"那是特例你懂吗?你别抬杠!"

我见话题即将要跑偏,把他们拉回来:"你说的跟你撞车有什么关系?"
她说:"因为我开车的时候,看到他发来的信息了。"

然后她说:"老卢,再辛苦你两天,我大后天就走了。"
我问:"去哪儿?"
她说:"去进行我自己的告别仪式。"

我又问了一句:"是去找他吗?"
小雨摇摇头:"跟他完全没有关系。"

就跟她说的一样,小雨开始认真遗忘。
有天她给我打了一个电话,那边声音嘈杂,模模糊糊听出是她自己在唱《星晴》。
然后我听说她一个人去了厦门,住了一个月,吃起了素,弹起吉他,过上了另外一种生活。

后来她回来了,风尘仆仆,面露倦意。
从车站送她回家的路上,她一直打着哈欠。
我问:"没睡好吗?"
她说:"刚好相反,老卢,我感觉前所未有地轻松。那一阵子我不敢闭上眼睛,闭上眼睛就都是回忆。现在我放下啦,再也不用害怕失眠了。"

我问:"怎么放下的?"

她说:"你知道的,很多时候不是忘不掉回忆,而是你自己还没有准备好,没有准备好和过去的自己好好道别。就像有的告别仪式是你一个人的,不需要谁盛装出席,也不需要别人知道,只要你自己知道就好了。简单来说就是去做那么一件事情,一件让你不再去设想如果的事情。"

我似懂非懂。

四.

直到有一次在乌鲁木齐做签售。

有个男读者来看我,一个人从远方坐火车到乌鲁木齐。

在互动环节,他拿过话筒。

他说:"我跟前女友是因为你的书认识的,她今天可能在,也可能不在,但不管她能不能听到,我都想告诉她,我现在在你最喜欢的作者的签售现场,那是我们当年一起想要做的事。我想这是我跟你最后的联系,我来了,不管你在哪儿,我都想要告诉你,谢谢你,我很好,希望你也是。"

后来排队的时候我又遇到他,我问:"放下了?"

他说:"做完这件事情之后,我就放下了,谢谢你。"

我说:"谢什么,我什么都没做。"

他说:"谢谢你一直在这里,成为我们回忆里的路标。只要你还在写,我就会觉得她也会过得很好。"
我说:"你很善良。"
他笑了下说:"我们都是。"

我明白了。
我明白什么叫作告别了。

有些人可以很快调整自己的情绪,有些人却不能。他们需要做一些事情,把自己的情感寄托在这件事情里,做完这件事情就要告别。

这是属于他们的告别仪式感。
就像是每天的结束,有人必须要安安静静放首歌洗漱,然后打开台灯看一本书;就好像每年的结束,有人必须要把这一年的照片一张张扫过来,编辑整理打印成照片贴在冰箱上;就好像有人分手,下定决心似的把头发剪短,像剪短发一样把往事都剪掉。

因为只有这样,他们才能够真正地跟这一天告别,跟这一年告别,跟这个人告别。
那是他们给自己设置的一条准则,做完了这些事,就不再去想念。

哪怕步步回头,哪怕阵阵作痛,你也必须往前走,找到你的告别方式。那句郑重其事的再见,并不是说给不告而别的人听的,是说给从前的自己听的。

Lu
Kevin

告别不是跟那个人挥手说再见，告别也不是跟那个人就这么失去联系。
告别是在失去之后，才能学会的事。
告别是经历痛苦和不甘心之后，把回忆放在合适的位置。

祝你终究洒脱而自由。

BGM ♪ 卢冠廷 《一生所爱》

你不用害怕尴尬,
你不用害怕没话说,
你不用害怕没什么好玩的,
你不用害怕自己哪儿哪儿表现不好,
也不用害怕展现出自己不为人知的那一面。

不用害怕,他们早就看到你的全部了。

好朋友是跟你
一起浪费时间的人

Lu
Kevin

一.

我害怕浪费别人的时间,这是刻在我骨子里的问题。
我实在是害怕对别人造成打扰,是因为我也同样害怕别人打扰我。

就好像在飞机上我不太会调整自己的座位,是因为我害怕侵占我后座那人的空间。每个人都应该有属于自己的空间,也同样有属于自己的时间,为什么非要把别人的时间都集中在自己身上?

朋友说我是太会为别人着想了。
其实只有我自己知道,我是个极其有空间感和时间感的人,并不是为别人着想,而是我自己本身就无法忍受这些事。

有次我组织一个聚会,本来是想去一个地方玩,到了才发现没有位置。夏天的张家港很热,我们几个人风风火火赶去另一个地方,一路上都大汗淋漓。好不容易坐下了大家却不说话,没有了兴致。再后来就有个人先走了,大家开始自顾自地玩手机,没多久就散了。
唯一没有走的人是包子,我说:"抱歉今天没有玩成游戏,浪费了你们的时间。"
包子瞪我一眼,怒气冲冲地说:"你再说这种话我们就不是朋友了。"

你要去相信，
没有到不了的明天

然后他跟我说了一句话，好朋友就是跟你一起浪费时间的人。

二.

有天深夜我去往南京，途径苏州，给包子发了个信息。
我说："我路过苏州站了，突然很想张家港。"
他问："你要去哪儿？"
我说："南京。"
他知道我刚发生很不好的事，怕我情绪不好，很快打了个电话来安慰我。
我说："我没事。"
他说："我忙完工作就来找你。"

那阵子我工作一个接一个，睡眠时间都没法保证。醒过来又立马忙了一下午，手机都来不及看。等到我忙完终于能喘息一阵，准备去南京南站回北京的时候，包子的电话来了。
他问："在哪儿？"
我说："准备去南京南站。"
他说："我刚到南京你就要走，还是不是最好的小伙伴了？"
我说："是是是，大哥对不起，我现在就退票。"

在车站远远地看到他，我怒骂："你来南京不告诉我一声，我房间都退了。"
他也怒骂："你知道我昨天加班到几点吗？要不是赶着过来我用得着吗？"
说完我接过他的箱子，找好酒店，在去酒店的路上买了点啤酒，开了一把

《王者荣耀》。

他非要跟我一起打，结果怒拿 0/7/6 的战绩，我们毫无疑问地溃败。

但他不服，非要跟我再来一把。
结果怒拿 0/6/11 的战绩，我们再一次溃败，他却说："你看我进步了！"
我扔掉他的手机说："你是不是老陈派来的卧底，非要让我掉段位？"
然后我们喝了一点酒，聊了会儿天，我困意一阵阵往上涌，很快就睡着了。

第二天醒过来，看到手机有一条他发来的信息，他说一早要赶回去，先走了兄弟。
这个王八蛋知道我难过，坐了一个多小时的高铁，跟我见面互相吐槽了一会儿，再坑了我两把王者荣耀，没有一句正经话，第二天就走了。
而这个人，是我最好的朋友。

三.

我想我大概明白了包子那句话的意思。
我们跟好朋友在一起，会释放自己所有的压力，做的所有事情都不见得有意义，但跟他们在一起时总是很开心。在我们还年轻的时候，总是做一些看起来热血但细想又很无厘头的事，可因为做这件事开心，他们也愿意陪你一起做。

你要去相信,
没有到不了的明天

或者说,因为跟好朋友在一起,所以做什么事都开心。
也因为年轻这层滤镜,所有的傻 × 事看着都热血。

然后我长大了,倒不是说真的年龄大了很多,而是突然就步入了成年社会。学生气还没来得及脱掉,就已经要穿上西装,再也没有说走就走的旅行,甚至没了说聚就聚的夜宵。
当然我多少还是会比同龄人更热血一些,依旧在满世界地追逐日出,跑遍全中国跟你们见面,可多多少少地,熬不动夜了。
最直观的感受,是身体不如以往了,以前可以奔跑着爬完我家门口的那座小山,现在爬几步楼梯都气喘吁吁。

长大是从没有年轻的心开始的吗?
不是的,是从没有年轻的身体开始的。

以前通宵熬夜时常热血,小伙伴二话不说奔向远方,一路搭车,天亮走到天黑。终于没有力气,在草地上睡倒,客栈老板看我们可怜,给我们一床棉被。三个大男人裹着棉被,一起看了一次天亮。

这样的事情我再也没有做过,一起热血的小伙伴也长大了,老陈结婚生子,王辰步入中年,包子找了份工作,老唐去年也结婚了。好几次聚会,我们突然不知道该玩什么了。唱歌唱不动,喝酒喝一半,想了想不如玩玩《王者荣耀》轻松一下。
累了,疯一整夜喝一整宿蹦到世界充满爱,现在已经做不到了。

Lu
Kevin

现在有人喊我去酒吧，我第一反应都是，别了，太吵。

因此损失了很多小伙伴。
但日子久了，也才明白，有些人注定是玩伴，一旦没什么好玩的了，他就跟你疏远了。好朋友变成老朋友再变成知己，是天时地利人和的好运气。很多人穷尽一生，有那么几个知己，就已经很足够了。
你不用害怕尴尬，你不用害怕没话说，你不用害怕没什么好玩的，你不用害怕自己哪儿哪儿表现不好，也不用害怕展现出自己不为人知的那一面。

不用害怕，他们早就看到你的全部了。
哪怕在一起什么都不干，只是聊聊天，只是看看综艺，只是一起听听歌，就足够我们鼓起勇气，加满了油，继续往前走了。

昨天越来越多，明天越来越少，越长大时间就越宝贵。
好朋友是愿意跟你一起浪费时间的人。

更何况，跟好朋友在一起，就算不上浪费时间。

BGM ♪ Pascal Letoublon *Friendships*

笑容不是懵懂无知，
也不是不知道天高地厚。
而是知道世界有多残酷，
也依然笑对世界的真相。

你笑的时候，
世界就晴了

一.

很久以前有一次学校做活动,我临走的时候拿起两个气球,粉红色的那种,多少有点违和感。可朋友塞给我的时候我也不知道怎么拒绝,也不知道应该放在哪儿,就这么一路拿着。
快到家的时候听到有个小女孩叫我,问我:"哥哥我能问你要个气球吗?"
我说:"可以啊。"说完把两个气球都给了她。

说实话有种如释重负的感觉,走了一会儿听到小女孩在背后跑过来的声音,边跑边喊我。
我转过身她刚好跑到我身边,一边喘着气一边说:"哥哥我想了想我不应该随便拿别人的东西。"
我说:"没关系的,气球送给你。"
小女孩捧出一盒巧克力,双手递给我,特别可爱。
她说:"哥哥哥哥,我拿这个巧克力跟你换气球。"
我迟疑了一下,小女孩以为我不愿意换气球,着急地说:"哥哥哥哥这个巧克力真的特别好吃。"

不知道为什么我被萌化了。
小女孩走之前还给我鞠了一个躬,笑着说:"谢谢哥哥,嘻嘻。"

我走到家打开巧克力,觉得这是我吃过最好吃的巧克力。

本来一天的活动让我疲惫不堪,那一瞬间觉得脚步都轻了,世界也晴了。

二.

有次跟朋友在一家咖啡厅吃饭。
我远远地看到她,她就笑着向我跑过来了。我并不喜欢她,我们之间也没有任何故事,可那瞬间我觉得很甜,像是世界都放晴了的那种甜。
跟她在一起相处,会比跟其他朋友在一起相处更轻松些,以前我不懂为什么,因为我们聊的话题其实跟我和其他朋友聊的没什么两样,并不轻松,也会聊起生活的难。后来我才明白,是因为她总是笑着,不是那种敷衍地笑,也不是那种听到一个笑话前仰后合的笑,而是那种眼睛里扑闪着星星的笑。

她是一个很热爱生活的人。
我可以很自然地察觉到这一点,从她打扮的细节和喜欢的事情就能看出来。她热爱画画,经常一画就是几个小时,却也不是为了什么而画的。她并不会展示自己的这项技能,只是有天我们去她家玩,看到她不好意思又带着一点点骄傲介绍自己的画,才发现了她的这个爱好。她家布置得很简单,却充满着各种细节,仔细看看其实会发现有很多可爱的小摆件,丝毫不多余。书柜上摆放着很多书,可以看到翻过的痕迹,并不是那种用来装饰的书籍。

工作时也认真,也会遇到很多糟心事。

Lu
Kevin

但神奇的是她总能给我一种什么都难不倒她的感觉，大概可爱的人，都可以从雨水中看到太阳。那并不是盲目乐观，而是善于发现生活的小细节，察觉日常里的小惊喜，是在路边遇到一只猫也会打招呼的认真。

三.

笑起来的我们，都很好看。
我想我们都见过那种扑闪扑闪发光的眼睛，那种发自内心地喜欢这世界的眼神。

明媚得像是清晨太阳升起，你刚好苏醒，睡得很好，拉开窗帘，世界是一首正好的歌一样。
我是一个情绪收敛的人，有时匆匆忙忙，也只是天黑了想赶紧回家。从不会肆意奔跑，即便地铁要开走了，我也只是些微加快脚步。唱歌时拘束地坐在一旁，最大的突破无非是跟着节奏轻轻点头。可唯独遇见这些可爱的人，会不自觉地笑。
不是哈哈大笑，是那种很温柔地笑，忍不住嘴角上扬。是回到家之后，趁没人时会突然蹦蹦跳跳，找一首喜欢的歌莫名其妙摇摆的欢喜。

有些人真的太好了。
好到在某个时刻你就愿意这么看着他，看着他对一切都充满兴趣的样子，看着他对你开心地笑。好到你觉得什么烦恼都没有了，生活突然又可爱起来了。好到你就想这么祝福他，望他事业顺利，娶妻生子，开开心心，万事胜意。

比起好像更冷淡的人，比起那些都很丧的人，你总是更喜欢那些对一切都还充满着热情，走在路上也会停下脚步认真跟狗打招呼的人。

他们不是什么都不懂，却还是认真，热忱，保持好奇心，雨水里也要看出太阳。而你就这么在一旁看着他，发自内心地感谢还好有人愿意以身相试这世界的美好。

四.

我们遇到的糟心事越来越多，越来越难去感知那些简单的纯粹的快乐。于是我们变得越来越不可爱，浑身别扭，藏起自己的所有情绪，躲进自己的影子。哈哈大笑的时刻越来越少，闷闷不乐的日子好像更多一些。话越来越少，心情波动也越来越少，我们都好像很难再看到那种纯天然的笑容。

我想你也很久没有开怀地笑了。
古龙说爱笑的女孩，运气不会太差。
我虽然不是很相信爱笑会跟运气有什么关系，但后来才明白，爱笑的女孩，更容易发现世界美好的那部分，久而久之，世界也真的对她温柔了起来。

笑容不是懵懂无知，也不是不知道天高地厚。而是知道世界有多残酷，也依然笑对世界的真相。是明明见过很多，也知晓很多道理，看到天空辽阔也见过大海深邃，也依然会因为朋友送的小礼物而发自内心地开心。
是对一切依旧充满热忱，眼睛里藏着许多许多许多小星星，成熟稳重也孩子气，跟猫说话也专注。是可以认真工作，雷厉风行，也可以在空闲时拉

Lu
Kevin

着你的手蹦蹦跳跳地分享小喜悦。跟世界大战八百回合，也不抱怨，也依然像游戏打怪一样，擦擦汗水，跟命运说刚才是我大意，我还有一条命，我们再来，单挑。

这世界依旧糟糕，不公平的事依旧每天在发生，你遭遇的困扰也从来没有减少。但这不代表你就不期待春天的到来，不会遇到那些让你内心柔软的事，不会遇到那个让你想要带她去看明媚的天的人，不代表你就要扔掉一切感知。

我希望你不要扔掉你的可爱。

酷且可爱，这本来就是你。难过的时候也曾放声痛哭，也要第二天起来假装没事发生。可开心的缘由也不用那么复杂，喜欢的颜色就要去收集，热爱的漫画要边笑边看，喜欢的歌就单曲循环。困扰的时候也曾戴上墨镜，不想展现出自己的情绪，可路过自己喜欢的小玩意，还是会两眼冒着星星。对不在乎的人一副高冷生人勿近乐得自在的样子，但在朋友面前也会傻笑着蹦蹦跳跳毫无包袱。

这样就好啦。

希望你看完这篇文章，能想到那个可爱的人和可爱的你自己。

就好像你在天气好的清晨拉开窗帘，闭上眼大口呼吸，那春天就来了。

要笑，开怀地笑，认真地笑。

你笑起来，这世界就晴了。

BGM ♪ Troye Sivan *Strawberries & Cigarettes*

生活是琐屑的烦恼，而我们的心情也常常起伏不定。
洗个热水澡，我们满血复活。
即便明天依旧糟糕，我也不耽误自己。
祝你早安午安晚安。

一个人有多孤独，
是无法从性格
判断出来的

Lu Kevin

一.

有段时间你会感到一种巨大的孤独。

你开始一个人生活,远离你的家乡,远离你的朋友圈,一个人上班一个人下班,一个人吃饭一个人睡觉,甚至节日的夜晚,你也一个人度过。

你或许从没想过自己会一个人生活这么久,可它就这么突如其来。有一天你想要回家,刚走出大楼,就下起一阵大雨,所有的便利店都很远,所有的叫车软件都失效,所有人都有人陪伴,只有你自己一个人,连家都回不去。

但一个人生活,终究能让自己成长得快些。

我们会被迫地找不到人倾诉,或者是找不到一个人陪伴,所有的情绪都自己吞,反而很快地沉淀了自己,找到了属于自己的生活方式。

生活方式大家各有不同,没有好坏之分,但我想,独自生活的那些人,面对生活的难,多多少少会比别人更从容一些。

尽管在最开始,要习惯一个人生活是那么难。

你要去相信，
没有到不了的明天

二.

前几天晚上，我怎么也睡不着。
那时我刚花费两个小时装完家具，其实家具本身并不难装，只是我装错了步骤，最后只得以一个诡异又不舒服的姿势拧完所有螺丝。自然是满头大汗，腰背不适，没想过装一个家具竟然要耗费我这么大力气。
想着到床上可以很快睡着，脑袋却无比清醒。

想起我第一次找房子的情形，那时的气温大概有40摄氏度，回忆起来都是阳光晃得我睁不开眼的画面。我拎着两个大箱子，从墨尔本的东边一路赶到西边，其间换了三趟车，还有一次不小心脱手把行李箱从台阶上狠狠摔下。那时有种情绪在我胸口，我却没有办法表述出来。直到那天回想起来，我才想起来那不是难过，也不是委屈，是一种好气又好笑的无奈。

我以前不明白，这种好气又好笑的无奈，竟是生活本身。

从那之后我开始一个人住，才明白衣服不能乱扔，否则到后来会不知道哪件还没有穿过；放着的碗如果不及时洗，会有一股难闻的味道；第一次做饭必然会炒煳，你会吃两口就把它倒在马桶里，所有的成就感一扫而空。

锅碗瓢盆会比我们想象的贵，也比我们想象的多，但当你买完它们之后，反而不愿意再多做几个菜了。家里会出现很多灰尘，打扫的时候你会皱着眉头百思不得其解，永远搞不懂那么多灰尘是哪里来的。

然后你才发现在最开始的那一年,热爱生活太难了。

我常在想那些人是真的那么热爱生活吗?又或者是不是他们需要摆出一副热爱生活的样子,好让别人去羡慕呢?热爱生活之所以太难,是因为在一开始的时候,热爱生活本身太累了。
是那种琐碎的累。
生活本身,没有山河湖海,没有高山流水,有的是需要换洗的床单,需要去缴的电费,不知怎么堵塞的马桶和下水道。兴致勃勃布置好的家,两个星期之后杂乱,两个月之后变成了最开始的反面。

但这并不是什么问题,只要再花一点时间,你又会提起兴致,重新把家布置一遍。如此循环反复,不需要很多年,你就能学会怎么样把家布置得温馨,变成自己喜欢的模样。

问题在于我们一个人生活,实在容易日夜颠倒,不好好照顾自己。
这一切再加上没有人能说话,总会在某一段时间内让人觉得难熬。就好像我们置身于黑暗之中,那种仿佛伸手就能握住的黑暗。我们会感到自己在黑暗中被分解,然后变为黑暗的一部分。

我想,人多多少少都需要另一个人说话。
什么主题都不需要,也不用给出什么意见,或者说不用聊得那么兴致勃勃。你需要另一个人在那儿,安安静静地听你把话都说完,然后跟你说,嗯我知道了。

你要去相信,
没有到不了的明天

这样就好,这样就够,可这样的人,我们很难再找到了。

三.

所以在没有人说话的日子里,我会在黄昏的时候出门走走。
倒不是为了遇见什么人好说什么话,只是戴着耳机四处闲逛,让我感觉自己跟这个世界还有一点联系。

有段时间我住在上海,在南浦大桥的边上,有很多小弄堂。
弄堂里是各式各样的小店,有卖杂货的,有卖小吃的,有卖丝绸的。每到下午五点,这里就热闹起来,人们一边做饭一边顾着生意。

街边其实还有很多奇怪的东西卖,比如说有个老奶奶一边卖着烤红薯,一边还卖着好几捆袜子。有一天清晨我还没睡,去便利店买了咖啡准备上班,就看到奶奶骑着三轮车,带着她的工具和那一捆捆袜子。三轮车快散架了,前面的轮子已经倾斜了。
我不想显得刻意,就在便利店里多坐了很久,等到半点出门假装很饿地买了五个烤红薯。奶奶问,小伙子你一个人吃的完伐。我说我们好几个人来这里旅游,很多人呢。奶奶笑着说,小伙子我可是看到你好几次了,你都是一个人。

我笑笑不知道该说什么,奶奶从旁边拿了一捆袜子给我,说送我的,不要钱。

我觉得推托不好,接下袜子说了谢谢。那一整个礼拜我开始忙碌,日夜颠倒,出门的时间都没有,再后来那个奶奶就不见了。

很久以后我才突然想起这事。
我想我从这个奶奶身上得到了某种力量,尽管那时我并没有意识到。

我的好朋友每天晚上都会去喝酒,然后独自回家,看完一部电影准时睡觉;我常遇到住在我隔壁楼的小姐姐,有时看到她在遛狗,有时看到她绕着小区跑步;住在旁边的英国人神出鬼没,有时天亮还没睡,有时傍晚就睡了。

我想,我最开始如此害怕一个人生活,是害怕所有的情绪没有人分享,也不知道怎么跟自己相处。我不知道该如何安排一个人的时间,怕做完了所有的事,还是觉得空空荡荡。
有时我会想起那个独自骑车的奶奶,和她送我袜子时的笑容,不知道为什么,我能感受到一种从容。

就这样我竟也渐渐地学会了做很多菜,看完了很多书,我变成自己生活的旁观者,看着生活平静地流淌。最初的困难回想起来也不再是困难,想倾诉的情绪竟然能自己消化了。

就好像最开始时无法静下来读书,其实是怕自己被打扰,也怕读完书后没有什么改变。但当我真的读完一本书后,多多少少是有些改变的,才明白

你要去相信,
没有到不了的明天

原来自己也可以安静下来。

我想,我最开始无法习惯这样的生活,是因为我并没有真的去做那些在一个人时该做的事。因为我总是在一个人时寻求外界的共鸣,从没想过对抗生活本身的力量,应该来源于自身。

那力量来源于你一个人读的书,你一个人去过的地方,你一个人规律又自然的生活。热闹本身并不足以对抗生活,沉淀下来的力量才行。当你习惯一个人生活之后,你会发现外界的事再也无法影响你,你会更坚定,更平和。

我想,我们终究是这样的人,是这样能够自己给自己安定感的人。

只不过得一个人生活一段时间,我们才能挖掘出原本属于自己的这份力量。就好像我们有时在街边听着歌无人打扰,你会感受到四面八方的微风,它们进入你的血液,你变成了世界的一部分。此时你周边的时间都开始变慢,你最终听到的,竟是你内心的声音。

四.

你在哪儿?在做什么?是不是也开始感受到了孤独?

一个人有多孤独,是无法从性格判断出来的。事实是我认为,到了某个年纪,你就会感受到孤独。只不过每个人对待孤独的方式不同,有人寻找依赖,有人逼自己习惯。

或许你也发现了。

当你很渴望找个人交谈的时候,话到嘴边却没有说什么。于是发现有些话是只属于自己的,有些话是不必告诉别人的。有些事情你都没有办法描述,而有些事情你真的告诉别人了,又好像没什么好说。

我们经历得越多,走的路越长,这样无法分享的心情就越多。

空气流动,每天发生的故事有一万种,可并不是每件事都能与别人说。冬去春来,你的情绪也日升日落,当你想要跟别人说的时候,或许你自己已经想通了,那也不必再说。

这世上大多的情绪,本就该自己消化的。

只有这样,我们才不会患得患失,害怕说错了什么,又或者害怕眼前的那个人,并不是你想要的倾诉对象。

一个人生活时,总能把这些道理想明白得更快一些。

要等到你学会平和,学会接受,学会自我调节,学会摆脱无助的情绪后,才能更好地安慰他人。

而有些事你得一个人做,这和任性或者能力大小都没关系。

有时你需要重新面对你自己,重新面对一个人的生活。

当你身边恰巧没支撑点时,天暗下来,你能撑着自己,我们都需要一点这样的力量。

你要去相信,
没有到不了的明天

生活是琐屑的烦恼,而我们的心情也常常起伏不定。

洗个热水澡,我们满血复活。

即便明天依旧糟糕,我也不耽误自己。

祝你早安午安晚安。

BGM ♪ Eric Carmen *All by Myself*

太阳照在我们身上，
我心想，
无论黑夜多漫长，
天还是亮了。

陪你到世界尽头

你要去相信，
没有到不了的明天

一.

我们每个人，都会遭遇日出和日落，天亮和天黑。
就像我们每个人都有一些美好的回忆，也有一些惨淡得让你不愿想起的片段。

我常常会把每个人给我的留言都看一遍，发现很多人都在害怕黑夜。或者说，每个人都不知道怎么在黑夜里跟自己相处。黑夜容易滋生所有负面情绪，想念的人却又远在天边，又或者说，你根本不知道该想念谁。

于是只剩你跟自己说话，陪伴你的只有风。

如果你是我的读者，那么你应该知道我常年日夜颠倒，每天都睡不够五个小时。
助理在我工作台前准备了十八种常用药，就怕我什么时候身体撑不住，恨不得二十四小时都陪在我身边盯着我。我朋友也常来我家看我，离开时总是语重心长，说："卢思浩你不能再不睡觉了。"

其实哪是我不想睡觉，是我压根就睡不着。
放着《老友记》循环播放几百遍，看得眼睛布满血丝，终于闷头睡去，醒过来却发现才睡了两个小时。常被吵醒，只要窗外的风声稍微大了点，我就会突然醒来，再也睡不着。

终于有天决定出发，去看遍全世界的日出。
朋友来送我，走之前说："大家给你凑了一笔钱，你一定要拿着。"
我说："我自己有点积蓄，放心死不了的。"
老唐说："花不花都没关系，你就是要记得你欠着我们这笔钱，记得回来还我们。"
我知道这是他们的一个念想，没再拒绝。

我到处游荡，一走半年。吃过盒饭，也在便利店枯坐整晚。没有热水的时候只用冷水冲澡，天冷的时候没有多余的被子只好裹着自己带的毯子，没有枕头就垫着衣服睡。有一天醒过来天还没亮，肚子很饿，还是硬着头皮出发。终于到达海边，颤颤巍巍站立不住，有个姑娘给了我一个面包，说："吃吧。"
我问："你也是来等日出的吗？"
她点点头。

我不知道她叫什么名字，也不知道她来自哪里。
只记得日出时她拿着一张黑白照片，是一张合照。
抱歉我什么都说不出口，默默看着她眼泪两行，然后她说："从今天开始，我要为自己好好活一遍。"

你要去相信,
没有到不了的明天

太阳照在我们身上,我心想,无论黑夜多漫长,天还是亮了。
我默默看着那个放着钱的信封,心想该回去了。
回去第一时间找到老唐,把钱还给他,一分未动。

如果我在人生的道路上迷了路,也没什么可怕的。
因为我的身旁总有朋友陪着我,我永远有可以回去的地方。

二.

我兜兜转转,见过最黑的夜,被黑夜吞没,在黑夜中分解,变成了黑暗的一部分。我看不到任何一点光,甚至有那么一刻感受不到自己的双手,我就这么在黑暗中坐了很久。脑海里闪过一个念头,如果此刻我消失,大概也没有人会知道。我本以为我会一直这么消沉下去,直到回忆里突然闪过朋友的脸,想起他们对我说的话。
我曾以为朋友越多越好,可真到了孤身一人的时候,你能想起的朋友也就那么几个。
我心想,是有多幸运,才能遇到这帮好朋友。

他们是我生命中的萤火虫,在最黑的夜里,我才能发现他们发着的光亮。
我太后知后觉了。
我爬起身来,摸索到窗边,天上的星星像是银河。

我们难过,我们跌倒,我们停在原地。前方一片迷雾,走几步就碰到荆棘。

那段时间,我们都活得不太像自己,我们觉得自己哪里都去不了。
我们执着于失去,将自己投入那个旋涡,眼睁睁看着自己不断下沉。

我想在我们失去的时候,常常忘了我们还拥有。
恋人分手,心想为什么那么多付出变成了泡沫;梦想破灭,心想那么多的努力去了哪里;亲人离世,哭干了所有眼泪直到没有情绪。直到时间把你推着往前走,你才明白你应该为了自己,为了生命中的那些重要认真活一遍。

就在前不久,我收到了一张明信片。
上面写,谢谢你陪我走过最难挨的路,也许你不知道,那时你就是我凌晨两点半的太阳。

有人说卢思浩你这么能写文章,一定很会安慰人吧?
其实我不会,压根就不会。
朋友在我面前哭,我会手足无措,所有的词通通消失,剩下的都是词不达意。

只是我也度过了很多让自己崩溃的时刻,终于找到了自处的方式。
失落时跑步,不想吃东西时逼自己好好吃一顿,哪怕一点也吃不下,找到一个自己的爱好,哪怕看不到任何前途。

当朋友开始难过,蹲在墙角哭泣,我会准备好纸巾和墨镜。
让她哭一会儿,哭累了她想说话时听她说,等到她决定站起来往前走,我

你要去相信,
没有到不了的明天

会把墨镜给她戴上,不让别人看到她狼狈的样子。

如果你的朋友难受了,你就陪着。
陪着就好,不让她做什么傻事,当她情绪缓和了,你陪着她一起往前走。

当你难过了,我就陪着,用书本的方式。
就算你不经常看书了,没事,你就放在那里,难过了看一看,需要动力时看一看就好了。

三.

我前阵子去了伊犁,去了赛里木湖,湖的对岸是若隐若现的雪山,我的身后是大片大片的草原。那天并不是晴天,也没有下雨,世界的颜色并不分明,反倒有属于自己的魅力。天不湛蓝草不新绿,一切淡雅得刚刚好,像是一幅水墨画。
身边并没有太多游客。我本以为我一个人来这里,看到如此辽阔的景色,一定会觉得特别孤独,但没想到我反而很自在,我在草坪上躺了会儿,看了会儿飞过的鸟儿,有风吹过我就闭上眼睛。戴着耳机,我待了很久。在目光所能及的尽头,只有几个跟我一样的旅人,我一方面觉得自己渺小,另一方面又觉得只有自己才可以决定自己的心情。
因为我并未有孤独感,反而感受到了一种前所未有的自由。

是的,我转眼就要 30 岁了,身体早不如以往。

是的，生活有太多不如意，家人的压力，生活的压力，工作的压力。有人表面笑嘻嘻背后捅刀子，有时你什么都没做错却被人排挤嘲笑。
原本以为幸福顺理成章，没想到不幸和烦恼也一同降临。偏偏在幸福之前我们要走过一段漫长的路，这条路总是比年少时想象的苦些。我说的苦并不是困苦，而是生活总有持续不断的糟糕事烦恼着你，频繁又细微。

我原本以为生活的难，是一路过关斩将大战三百回合，却没想到生活的难，是你过关斩将的同时让你的武器生锈，让你的铠甲掉落，让你的马总是迷路。

我花了好几年时间，去了很多地方，见过很多种不同的生活，才终于能接受世界最大的公平，就是它对每个人都不公平。
这世上有千万种生活，是我们自己太在意别人的眼光，而忘了自己到底要哪一种。

四.

而那些感动我们的，从轰轰烈烈的爱情，变成看似平淡的亲情。我们也不需要用长途奔袭来证明友谊，只要彼此幸福就好。陪伴也不是时刻在身边，而是想要说话的时候，有人在听就好。脱口而出的那些话都不见了，大概自己都觉得肉麻。承诺放在心底，梦想交给行动，并不想要全世界都知道了。与之相对应的，别人的认同也不再那么重要，只要自己喜欢，朋友支持就好。

朋友圈变得越来越窄,也越来越牢固,坚不可摧。
有时你甚至觉得,有这些朋友就够了,不用再多,也一个都不能少。

情绪也平和了,感知却越来越细微,好在小事带来的挫败感能很快消化,那些大风大浪反而能够勇敢面对。

真的难受到不行了,真的感觉到自己脆弱的那一刻,往往都是偷偷难过偷偷哭。只有在那些情绪泛滥的夜,才会找那么几个好朋友说话,而他们也都在用心地听。

我承认在最开始,我要的明天不是这样的。我想要一个轰轰烈烈有人陪伴的明天,可到最后竟发现我们要的明天,是内心的平和,这跟他人毫无关系。

我的一个好朋友,有段时间过得极其糟糕,我们都担心她撑不下去,突然有一天她开始健身,开始读书,开始对生活充满了热情。
后来她说:"我想明白了,我要把浪费在其他地方的热情全部集中到自己身上,拼了命地变好。给别人的热情别人不要,我自己不能不要。开始很难熬,最后成了一种享受。那些以为放不下的忘不了的,自然就放了忘了。"

你会找到你热爱的音乐,然后投入其中,单曲循环无数遍;你会有你热爱的事业,然后充满热情,不知不觉几小时;你会有喜欢的人,他是你的动力，让你每天起床都想更好一点。然后找到属于自己的动力，自律且自由。

在那之前，我会一直在这里，写着自己的故事，写着身边朋友的故事。或许有些对你有帮助，或许有些对你没有帮助。但我能做的，是告诉你这世上有人悲伤有人痛苦有人遍体鳞伤有人深夜失眠，他们不一定都痊愈了，但他们很努力地在生活。

我能做的，是给你一点点继续努力生活下去的勇气。

幸福不一定在前头，但糟糕一直在你身后追赶着，你得往前跑，跑到它们都跟不上。
陪伴是我笃定的力量，那么这条路上，我陪你。
直到你找到你想要的那种生活。
往后如果你不再需要这本书了，我也觉得开心。

最后，祝你平平安安。
谢谢你读到这里。

BGM 🎵 周杰伦 《稻香》

路还很长，
我们一起走（后记）

现在的我坐在飞机上，写着这么一篇后记。当坐飞机在某种程度上比坐地铁更频繁的时候，偶尔我也会有错觉：我是不是已经忘了一开始离开的原因？我一次又一次地离开，到底是为了追逐最初的梦想，还是因为生活的惯性？

人到了某个年纪，会突然长大。以前和朋友们出来喝茶都是聊足球、聊姑娘，想着下次旅行去哪里，想着下次玩些什么；现在的我只跟几个固定的好友小聚，聊的话题也变成了未来要做些什么，想要一个什么样的生活。

好像不知不觉这些遥远的东西就融入了我的生活。好友唐诚的一句话很贴切："以前我们谈恋爱，只要喜欢就足够了，不会考虑更多。现在我们喜欢一个人，不可避免地会考虑到家庭，考虑到未来，我们都开始变得小心翼翼了。"

那天晚上我想着自己的变化，在微博里写："你知道对于感情，17岁的我和23岁的我有什么区别吗？""嗯？""17岁的我感受到了一点点喜欢，就会去相信这份感情和眼前的人，并且无所谓地付出；23岁的我哪怕感受到了很强烈的感情,也无法完全相信这份感情,即使想要全身心投入,骨子里也还是有所抵触。"

写完后,我突然打了一个寒战,什么时候起,我变成了一个连自己都感到陌生的人?

所以,这个时候文字显得那么重要。

文字对于我,不仅仅是记录生活的方式,也是我挑战这个世界的方式。当世界尝试着把我驯养的时候,我用文字提醒着自己内心还没有磨灭的热情,我用文字记载着曾经用力生活的痕迹。提醒着我,没错,就是因为我经历了这些,我才会变成现在的这个我。

有些话再不说,就快要忘记了,就快要忘记当初的自己是怎样的信誓旦旦,当初的自己有着怎样的拼劲和梦想。

就快要忘记自己高中时在笔记本写下的梦想,就快要忘记课堂里偷偷发给她的信息,就快要忘记离开故乡的时候彼此的鼓励了,就快要忘记最后分开时互相的祝福了,就快要忘记坐在明亮的教室里做着一道道做不完的习题的自己了,就快要忘记一直到十二点都没有睡为了给你发"生日快乐"的心情了,就快要忘记自己最初最疯狂的坚持了。

希望你看完这本书以后,还能想起曾经为之疯狂的一切。把它们珍藏起来

你要去相信，
没有到不了的明天

也好，把它们重新拿起来也好，我只希望你不会忘记。毕竟在你的黄金年代里，是这些陪伴着你一起度过的。

那么接下来，要说些什么呢。

那就说说我自己吧。

很想去相信一段感情可以很持久很持久，骨子里却觉得这样的一件事情太难太难。不知不觉对大部分感情开始持怀疑态度，可是又会去相信感觉。即使是一直学着权衡利弊，对感情很怀疑，可一旦遇到某个人，我一定会放弃那些所谓的大道理，照样全身心投入。

又想把遇到的人、见过的事都记下来，趁年轻；把感动过的、奋斗过的都写下来，趁还记得；把爱过的人、折腾的青春折腾下去，趁还热血。拥有一个其他人都没有的青春，这样才算活过。

最难的不是你对这世界抱有希望，而是你在经历了不公平、难堪之后，还能对世界抱有希望。大概是我天生悲观，我总觉得人生下来就是受苦的，但我还是会觉得这个世界很值得我去爱。即使你告诉我，我所经历的一切都是假的，明天太阳升起的时候，我也会用尽全力去爱这个世界。

又大概因为我骨子里是个怀疑主义者，我不相信时间，我不相信距离，我不相信爱情撑得过时间和距离，我甚至怀疑爱情本身。

可我相信你。

大概这就是我吧。

我的这趟旅程马上就要到目的地了,身边的乘客已经纷纷醒来。看了看窗外,天蓝得像大海一般。突然觉得对于那些不能释怀的也就这么释怀了,那些看不清的未来,似乎也不那么可怕了。完成每一段小的旅程,就能最终到达目的地。

实现梦想有时候很孤单,却不舍得放手;一个人走有时候很难受,却不想停下;路还很长,所以要一起走下去。

没错,我们一起走。

谁说这样不伟大呢？

岁月如歌祝你快乐：一个月的暑假，每天四个小时的补课时间，四百多页的作业，已经高二了，不再是个小孩子了，不会再去抱怨什么，每天都在做自己该做的，希望自己可以再努力一些，无论是在家里还是在学校，再难过也就这两年，要无所畏惧，要坚持下去。2020年高考等我！

我叫鹿之昂：我希望不管过去多少年，或者就在此刻，你还是当初认识的那个你，而我也是如今的我，我们还可以喝酒撸串轧马路，唱歌自嗨到天明，通宵都不够。

金韩彬的SweetGirl：我不怕死亡，可我怕你失望，所以活着，还要不让你失望地活着。

小雯雯呀呀呀：从在一起的第一天起我们就说好一起去看周杰伦的演唱会，直到五年三个月后我们分开，都没能实现。9月1号和2号，周杰伦在太原开演唱会了，这次我不等你了。

锡一口欧其：人生不可以绝对完美，但可以相对幸福。

小耗子198308：本来6月7日打算回家看望爷爷，但因为种种原因而取消……3天后，爷爷突发脑溢血离世。葬礼上的我难受之情一语难表，我常常回想，要是几天前能回家看望一下爷爷也许就不会留有这么多遗憾……可一切都已经晚了，一切都已经成为过去。希望我们可以珍惜身边最亲近的人，放下手头的事物，多陪陪他们。不留遗憾。

晴空 de 小世界：2017 年 11 月 3 日，我的爷爷永远的离开了我，从那以后，我就是个没有爷爷的人了，爷爷是个好老头，我相信他会去天堂的。有一天那个孩子长大了，会想起童年的事，会想起那些晃动的树影，会想起她自己的爷爷。她会跑去看看那些树。但她只知道那棵树是谁种的，不知道是怎么种的。

P 檸檬加醋：没勇气小姐就算有勇气，不答应先生还是不答应。

林墨_hunter：有一个偶像是很了不起的一件事。高三有个晚上坚持不下去了，拿起手机用微博给阿信发了一段话，我知道他不会回我，但就在点完发送键的那一刻，突然就感觉明朗了。我考上了大学，又给阿信发了一段话，说我想去看他们的演唱会，他依然没有回我。今年七月，我将要去看一场演唱会，去见青春里的陪伴。

Rome 大设计师 bonbon：很喜欢现在的生活和现在的自己：有理想有目标，想去北京，实现五年前自己的承诺；有爱人，想要和他一直走下去，跨千山万水尽享祖国河山之绚烂；有书籍有美食，有朋友有亲人，就很好。或许生活有很多的不如意，会遇见很多自己反感的讨厌的人，但一定要保持微笑，做最好的自己，努力度过生存期，再谈其他。

你要去相信，
没有到不了的明天

白籽夜：又到了这个城市的雨季，在我的印象里每一次生活的转折点都有一场难忘的大雨。高考时大雨滂沱，转而我去了外地上大学；大二异地恋，他第一次到我的学校是一个下过雨的清晨；工作后异地恋，我第一次到他的城市看他，那几天都是连绵不绝的阴雨；现在又下起了雨，相恋五年之后我在他的城市，陪他一起听雨。

陈炒莓：人生有那么多得不到的知己，谁敢说自己真正快乐。

Wifi_是个万人迷i：希望所有的美好都如期而至，希望我每天忙碌充实到忘乎所以。做的每件事都是自己热衷又讨喜的，希望每一天我的笑容都发自内心。

奈斯乔：如果我早一点意识到你对我有多重要，我就不会因为工作忙而不赴约，我就不会将你的事情搁置一边，我就不会敷衍讲话不好好沟通，我就不会不主动去维持这份感情，我们就不会渐行渐远。我也想要和你一起对抗时间的洪流，抵挡岁月将我们拆分。我也希望，成为你生命中闪闪发光的一部分。

在森林等仙女星的熊：我偷偷观察着你喜欢喝什么饮料，然后就会不厌其烦的每天只点这杯。每天大声吵着在别人面前唱情歌，其实只是因为人群里有你。我慢慢开始熬夜，但告诉别人早睡，其实我才是睡得最晚的一个。这是我最像小丑的日子，也是我最喜欢你的样子。我呀，不怕这世界的一切，就怕等不到你。

一口三个啵：我只希望在世界对你出石头的时候，你能自信的出布，不是为了赢这个世界，而是用布去包裹住这世界的棱角，用你掌心的温暖去包围这个世界，让它最后松开握紧的手，与你十指相扣，一起走向阳光明媚的明天。

黄大胖×××：如果你爱一个人，一定要告诉他，不是为了要他报答，而是让他在以后黑暗的日子里，否定自己的时候，想起世界上还有人这么爱他，他并非一无是处。

郭红琴：半夜一个人常哭的歇斯底里，两三个小时的睡眠时间也能撑起一天的工作，这样的节奏能保持一周。无人能诉说，无人敢诉说，那些以为熬不过去的日子，其实一回头，发现已成过去。原来没那么难，过去了就好了，你需要更好的向前，不回头，往后余生越来越好。

涩恒：大学放假回家，有几次偷瞄妈妈的时候，妈妈也正好看着我，看我看她的时候赶紧别过头说："看我干吗？赶紧写作业。"可是妈妈啊，我的作业四年前就没有了啊。

引以为傲：最近毕业季，刚刚出来找工作的你们还有我都很丧，多多少少都有些崩溃。我们开始怀疑自己什么都不会，什么都做不好，什么都想去逃避，但是啊，我们总要学会面对，学会成长。希望不久之后我们可以很坦然面对一切，承受得住这个世界给我们的恶意，才能拥抱这个世界的温暖。致所有处于黑暗中的大家。

图书在版编目（CIP）数据

你要去相信，没有到不了的明天 / 卢思浩著 . —增订本 . —长沙：湖南文艺出版社，2018.8（2022.1 重印）
ISBN 978-7-5404-8797-3

Ⅰ . ①你… Ⅱ . ①卢… Ⅲ . ①随笔—作品集—中国—当代 Ⅳ . ① I267.1

中国版本图书馆 CIP 数据核字（2018）第 146581 号

© 中南博集天卷文化传媒有限公司。本书版权受法律保护。未经权利人许可，任何人不得以任何方式使用本书包括正文、插图、封面、版式等任何部分内容，违者将受到法律制裁。

上架建议：畅销·文学

NI YAO QU XIANGXIN, MEIYOU DAO BU LIAO DE MINGTIAN
你要去相信，没有到不了的明天

作　　者：	卢思浩
出 版 人：	曾赛丰
责任编辑：	薛　健　刘诗哲
监　　制：	毛闽峰　李　娜　刘　霁
特约策划：	李　颖　杨　祎
特约编辑：	孙　鹤
营销编辑：	杨　帆　周怡文　刘　珣
插　　画：	唐　诚
封面设计：	张丽娜
版式设计：	李　洁

出版发行：	湖南文艺出版社
	（长沙市雨花区东二环一段 508 号　邮编：410014）
网　　址：	www.hnwy.net
印　　刷：	三河市中晟雅豪印务有限公司
经　　销：	新华书店
开　　本：	775mm×1120mm　1/32
字　　数：	210 千字
印　　张：	10.5
版　　次：	2018 年 8 月第 1 版
印　　次：	2022 年 1 月第 6 次印刷
书　　号：	ISBN 978-7-5404-8797-3
定　　价：	42.00 元

若有质量问题，请致电质量监督电话：010-59096394
团购电话：010-59320018